Die drei

Mira Sol

Die drei !!!

Im Bann des Flamenco

KOSMOS bei CARLSEN

Außerdem in der Reihe Die drei !!! im Carlsen Verlag lieferbar:
Die drei !!! – Gefährlicher Chat / Betrug beim Casting
Die drei !!! – Gefahr im Fitness-Studio
Die drei !!! – Geheimnis der alten Villa

FSC www.fsc.org
MIX
Papier aus verantwortungsvollen Quellen
FSC® C014496

Veröffentlicht im Carlsen Verlag
Juni 2015
Mit freundlicher Genehmigung des Franckh-Kosmos Verlages

Umschlagbild: Anike Hage
Umschlaggestaltung: formlabor
Corporate Design Taschenbuch: bell étage
Druck und Bindung: GGP Media GmbH, Pößneck
ISBN 978-3-551-31406-2
Printed in Germany

Die drei !!!

Im Bann des Flamenco

Geisterbilder

Es war dunkel, es war kalt. Das Wispern zahlloser Stimmen hallte von den Wänden wider. Franzi zog ihre Fleecejacke enger um sich. Sie stützte die Hände auf der Sitzbank auf. Das Holz fühlte sich trocken und rau an. Sie reckte den Hals und kniff die Augen zusammen. Aber in der undurchdringlichen Finsternis war nichts zu erkennen. Plötzlich spürte Franzi eine Berührung am Arm. Sekunden später umschlossen eiskalte Finger ihre Hand. Erschrocken quiekte sie: »Ihhh!«
Der Griff lockerte sich sofort. »Sorry«, flüsterte Kim. »Ich wollte dich nicht erschrecken. Aber ich bin so nervös.«
Franzi nickte. Dann fiel ihr ein, dass ihre Freundin sie gar nicht sehen konnte. Sie drückte Kims Hand fest. »Ja, ich bin auch total aufgeregt.«
»Jetzt bleibt mal ganz ruhig«, sagte Marie. »Alles wird gut!«
Franzi hörte ein Rascheln und nahm an, dass Marie näher an Holger heranrückte, der neben ihr auf der Bank saß. Sie seufzte. »Du hast leicht reden. Es ist ja nicht dein Freund, der gerade …«
Ein ohrenbetäubender Knall schnitt ihre Worte ab. Es folgte ein Prasseln und aus der Dunkelheit vor ihnen wuchs eine riesige Goldfontäne empor. Gleichzeitig dröhnten die Bässe des Intros von *Emotions* von den *Boyzzzz* los.
»Sie haben es wirklich gemacht«, rief Kim begeistert. »Die Show läuft zu meinem Lieblingssong!«
Mit jedem Beat erhob sich eine weitere Feuersäule aus dem Boden. Als der Text einsetzte, begannen sich fünf Sonnenrä-

der auf einen Schlag zu drehen. Kim sang leise mit: *»Hearts on the run, spinning round the sun.«* Trockeneisnebel waberte über den Boden. Magisches Licht durchflutete den Raum und verwandelte den Nebel in ein goldenes Meer. Das Publikum klatschte begeistert. Scheinbar direkt aus der Feuerwerksfontäne sprangen zwei Gestalten in Jeans und weißen Tank-Shirts heraus. Franzi hielt den Atem an. Felipe und Michi! Die Jungen hielten große bengalische Lichter in den Händen und begannen damit zu jonglieren. Immer schneller ließen sie die glühenden Fackeln kreiseln und drehen. Applaus brandete auf. Jetzt wusste Franzi, wofür die beiden Jungen seit Monaten experimentiert und trainiert hatten: Sie hatten eine perfekte Feuerwerks- und Jongliernummer einstudiert! Heute, zur Einweihungsparty der neuen Indoor-Minigolfanlage in der ehemaligen Lagerhalle auf dem Gelände des Freizeitparks *Sugarland,* zeigten sie ihre Kunst zum ersten Mal vor Publikum. Die Leute waren begeistert. Mit lauten Zurufen feuerten sie Felipe und Michi an, die sich nun gegenseitig geschickt die Fackeln zuwarfen. Kim sah dem Schauspiel mit großen Augen zu. Franzi stupste sie an. »Ich hätte nicht gedacht, dass sie so gut sind!«

»Was machen sie denn jetzt?«, rief Marie plötzlich.

Die Jungen hatten aufgehört zu jonglieren und standen aufrecht da, den Blick zur Hallendecke erhoben. Der Refrain setzte ein: *My heart is on the run, emotions spinning round the sun …* Mit einer geschmeidigen Bewegung führten Felipe und Michi die bengalischen Lichter an ihren Gesichtern vorbei. Zu den Worten *Fly, fly higher – my heart is on fire, fire, fire …* stiegen zwei große Feuerbälle aus ihren Mündern auf.

Das Publikum tobte. Marie klatschte wie verrückt und stupste Franzi in die Seite. »Ihr habt mir gar nicht erzählt, dass sie auch Feuerspucken in ihrem Programm haben.«
»Nein«, murmelte Franzi.
Kim schüttelte lächelnd den Kopf. »Das wussten wir ja auch nicht. Das war also die Überraschung, die Michi mir versprochen hat!«
Marie sah ihre Freundinnen erstaunt an. »Dass ihr das nicht mitbekommen habt. Ihr wart doch öfter bei den Proben dabei.« Sie zwinkerte. »Ihr seid mir vielleicht schöne Detektivinnen!«
Franzi zuckte mit den Schultern. »Irgendwann muss man auch mal lockerlassen«, sagte sie. »Wir haben schließlich schon weit über vierzig Fälle gelöst. Ich will nicht auch noch in meiner Freizeit ständig wachsam sein.«
»Genau«, pflichtete ihr Kim bei. »Die drei !!! können nicht ständig im Einsatz sein.«
Franzi grinste. »Aber jetzt wird mir klar, warum die Jungs immer so lange ›zum Aufräumen‹ gebraucht haben, während wir im *Yucatán* auf sie gewartet haben.«
Noch ein letztes Mal stießen Felipe und Michi zwei Feuerwolken aus, die sich zu einem großen feurigen Ball vereinigten. Erst knapp unter der Decke der hohen Halle verpuffte er. Michi und Felipe verbeugten sich und löschten ihre Fackeln in einer Kiste mit Sand. Es wurde wieder komplett dunkel. Das Publikum klatschte. Ein Trommelwirbel erklang. Nach und nach flammten blaue Neonlichter an den Wänden und an der Decke auf. Felipe und Michi waren jetzt verschwunden. Dafür wurden mit einem letzten Pauken-

schlag die Minigolfbahnen sichtbar: Sie leuchteten in feurigem Rot, geisterhaftem Grün und magischem Blau. An den Wänden erschienen fantastische Bilder. Mit offenem Mund betrachtete Franzi einen Sonnenuntergang mit einem tanzenden Teufel davor. Daneben schwammen zwei Haie in einem Riff. Gegenüber prangte ein großes Gespensterschloss und ein leuchtend grüner Geist zog sich bis an die Decke.
»Komisch. Als wir vorhin kamen und es noch hell war, habe ich nichts an den Wänden gesehen. Wo kommen diese Geisterbilder plötzlich her?«
»Schwarzlicht und UV-Farbe!«, rief Kim begeistert.
»Bitte was?«, fragte Franzi.
»Es gibt eine spezielle Farbe, die bei normalem Licht unsichtbar ist«, sagte Kim. »Erst wenn sie mit bestimmten Lampen angestrahlt wird, leuchtet sie bunt. Es ist irgendein chemisch-physikalischer Effekt. Das kann Michi bestimmt genauer erklären.« Kim sah bewundernd auf die leuchtenden Gemälde. »Außerdem muss hier jemand ein echter Rocky-Beach-Fan sein. Die Bilder stammen alle aus Büchern der drei ???. Sehr cool!«
Der Geschäftsführer des Freizeitparks war in der Zwischenzeit nach vorne gegangen. Er wurde von einem Spot beleuchtet und richtete einige Worte an das Publikum. Die anwesenden Journalisten schrieben eifrig mit. Anschließend lud Herr Mattis das Publikum auf eine Proberunde Minigolf ein. Dichtes Gedrängel entstand, als alle zu dem kleinen Kassenhäuschen strömten, aus dem eine junge Frau Minigolfschläger und Bälle herausreichte. Die Bälle glühten im Schwarzlicht violett und schienen schwerelos durch den

Raum zu gleiten, weil die Spieler, die sie zu den Bahnen trugen, unsichtbar blieben. Es sah aus, als tanzten Dutzende von Glühwürmchen ein geheimnisvolles Luftballett.
Franzi riss sich von dem schönen Anblick los. »Kommt, lasst uns verschwinden«, sagte sie. Sie zog ihre Freundinnen und Holger in Richtung des Ausgangs. »Felipes Mutter hat uns zum Essen in ihr Restaurant eingeladen. Die Jungs warten schon«, erklärte sie. »Wir können später eine Runde spielen. Bei dem Menschenauflauf macht es sowieso keinen Spaß.«

Juana hatte einen Tisch in der künstlichen Grotte ihres mexikanischen Restaurants festlich gedeckt. Überall leuchteten Teelichter und Felipes Oma war gerade dabei Rosenblätter auf der weißen Tischdecke zu verteilen.
»Wie wunderschön!«, rief Franzi.
»¡Hola, chicas!«, sagte die alte Dame und zwinkerte den Mädchen zu.
Während sie Rosita begrüßten, kamen Felipe und Michi zusammen mit Onkel Mago aus der Küche. Sie trugen große Tabletts, die mit mexikanischen Leckereien beladen waren. Felipe pustete sich eine dunkle Locke aus der Stirn und strahlte Franzi an. Er stellte das Tablett auf dem Tisch ab. Franzi fiel ihm um den Hals. »Ihr wart super!«, rief sie.
»Ja, eure Show ist wirklich toll!«, stimmte Kim zu. Sie nahm Michi das Servierbrett ab und gab ihm einen Kuss auf die Wange.
Holger klatschte Felipe und Michi ab. »Perfekt, Glückwunsch! Und danke noch mal, dass ihr mich auch eingeladen habt.«

»Na klar, gerne!«, sagte Felipe sofort. »Toll, dass du gekommen bist!«
Holger sah ziemlich angespannt aus, fand Franzi. Das war auch kein Wunder. Seine Eltern lebten gerade in Scheidung. Marie hatte ihr erzählt, dass seine Mutter mit ihm und seinen kleinen Geschwistern in Kürze von Billershausen in die Stadt ziehen würde. Sie hatte eine Stelle als Hauswirtschafterin im Villenviertel gefunden, in dem auch Marie wohnte. Diese ganzen Veränderungen mussten verdammt hart für Holger sein. Franzi sah, wie Marie ihm locker ihren Arm um die Schulter legte. Sie flüsterte ihm etwas ins Ohr und er musste lachen. Einmal mehr hoffte Franzi, dass die beiden ihr »Wir sind allerbeste Freunde, mehr nicht!«-Spiel endlich beendeten und wieder ein richtiges Liebespaar wurden. Vielleicht half es ja, dass Holger bald in der Nähe wohnen würde und sie sich so oft sehen konnten, wie sie wollten …
Juana stieß mit einem Tablett voller Gläser zu ihnen. Lächelnd begrüßte sie die Mädchen und Holger: »Ich freue mich sehr, euch alle hier zu haben. Es ist schade, dass ich bei der Eröffnungsshow nicht dabei sein konnte. Aber es war einfach zu viel los im Restaurant. Umso schöner, dass ihr jetzt hier seid!«
Sie setzten sich und stießen mit den alkoholfreien Mojitos an. Die eiskalte Limettenlimonade mit den frischen Minzeblättern schmeckte köstlich. Während sie sich über die fantastischen *fajitas* hermachten, erzählten Felipe, Michi und die drei !!! Juana und Rosita von der Show.
Plötzlich entschuldigte sich Juana und eilte auf ein Paar zu, das im Eingangsbereich stand. Der hochgewachsene Mann

und die schlanke, zierliche Frau neben ihm sahen sich suchend um.

»Rubén, Nayeli!«, rief Juana ihnen fröhlich zu. »Hier sind wir – *¡Estamos aquí!*«

»Das sind mein Cousin und seine Frau«, erklärte Felipe. »Sie sind seit kurzem in Deutschland und betreiben die Minigolfanlage.«

Heftig gestikulierend und redend erreichte Juana mit den beiden den Tisch. Felipe stellte seinen Cousin und dessen Frau den drei Mädchen und Holger vor. Juana sorgte für *fajita*-Nachschub und innerhalb von Sekunden war Felipes Verwandtschaft in ein lautes und fröhliches Gespräch vertieft – auf Spanisch. Die drei !!! verstanden kein Wort. Felipe übersetzte, so gut er konnte, die wichtigsten Teile des Gesprächs: »Rubén sagt, dass er echt froh ist, dass Mago ihn von Spanien hierhergeholt hat. Die Wirtschaftskrise dort spitzt sich immer weiter zu …«

»Spanien?«, hakte Franzi erstaunt nach. »Ich dachte, sie kommen aus Mexiko, wie du, deine Mutter und dein Onkel?«

Felipe reichte die Schüssel mit gebratenen Rindfleischstreifen an Rubén weiter, dann sagte er: »Richtig, die beiden waren früher zusammen mit uns in Mexiko und haben Fahrgeschäfte im Freizeitpark in *El Carmen* betrieben. Als der Park pleiteging, mussten sich alle nach neuer Arbeit umsehen.« Felipe zögerte einen Moment, dann fuhr er fort: »Mein Vater hatte uns da schon lange im Stich gelassen und war einfach abgehauen. Juana und Mago sind dann mit mir nach Deutschland ausgewandert, weil sie eine Anfrage von *Sugar-*

land bekamen. Rubén und Nayeli fanden neue Jobs in Spanien – leider nicht für lange Zeit.« Felipe zuckte mit den Schultern. »Aber jetzt sind ja alle hier. *Sugarland* ist ein echter Glücksfall für meine Familie.«
Franzi nickte. »Allerdings!« Sie pikte ein Stück Paprika vom Teller auf und steckte es sich in den Mund. Nachdenklich kaute sie darauf herum. Felipe hatte soeben zum ersten Mal seit langer Zeit seinen Vater Andreas erwähnt. Das Thema war ansonsten tabu. Andreas hatte die Familie verlassen, als Felipe noch sehr klein war. Obendrein war er in kriminelle Machenschaften verstrickt gewesen. Vor einiger Zeit war er dann in Mexiko gestorben. Felipe hatte seinen Vater damit scheinbar endgültig für sich abgehakt. Er sagte immer, dass Onkel Miguel für ihn der beste Vaterersatz sei, den er sich wünschen konnte. Fertig.
Franzi sah Felipe prüfend an. War für ihn wirklich alles in Ordnung? Felipe schien von Franzis Gedanken nichts zu ahnen. Er strahlte sie an. »Du hast die schönsten Augen der Welt!«, flüsterte er ihr ins Ohr und gab ihr einen Kuss auf die Wange. *»¡Mi tesoro!«*
Nayeli lächelte die beiden an. Sie sagte etwas sehr schnell auf Spanisch zu Felipe. Der antwortete im gleichen rasanten Tempo. Dann schalteten sich Rubén, Juana und Rosita ein. Binnen kurzem flutete wieder eine Welle von spanischen Worten über Franzi hinweg. Sie seufzte. Kim und Michi hatten die Köpfe über einem Blatt Papier zusammengesteckt. Es störte sie offensichtlich überhaupt nicht, dass um sie herum ein Fremdsprachenorkan tobte. Auf dem Blatt erkannte Franzi chemische Formeln und Zeichnungen. Sie grinste.

Kim ließ sich tatsächlich die Wirkungsweise von Schwarzlicht und UV-Farbe erklären. Sie machte dabei ein verzücktes Gesicht, als würde Michi ihr Liebesgedichte vorlesen. Marie war ebenfalls in ein angeregtes Gespräch mit Holger vertieft. Franzi seufzte erneut. Jetzt reagierte Felipe sofort: »Entschuldige bitte, aber ich komme einfach mit dem Übersetzen nicht nach. Rubén und Nayeli sind übrigens riesengroße Drei-???-Fans und ich habe ihnen gerade von eurem Detektivclub erzählt. Sie sind total beeindruckt! Wie war das übrigens noch mal mit diesem Spion, den ihr im Januar verfolgt habt? Ihr habt ihn erwischt und gleichzeitig ein weiteres Verbrechen aufgeklärt, richtig?«
»Richtig.« Franzi nickte. »Ich würde den beiden ja gerne selbst davon erzählen. Leider kann ich kein Spanisch …«
Nayeli sah Franzi erstaunt an. »Das war mir in dem Trubel hier gar nicht aufgefallen«, sagte sie mit ziemlich starkem Akzent. »Entschuldige bitte, wie unhöflich von uns, dass wir uns hier in einer Sprache unterhalten, die du nicht verstehst!«
»Das ist doch kein Problem!«, sagte Franzi sofort. »Aber du kannst Deutsch! Es ist echt peinlich: Ihr alle scheint unsere Sprache zu können, aber wir nicht eure.«
Nayeli winkte ab. »*No, no*. Ich lerne schon lange. Dafür ist mein Deutsch nicht gut. Aber ich verstehe viel. Und jetzt, wo ich hier bin, muss es ja besser werden.«
»Ich will schon die ganze Zeit Spanisch lernen«, sagte Franzi, »damit ich mich mit Felipe in seiner Muttersprache unterhalten kann. Aber ich bin einfach nicht so begabt im Lernen.«
»Das stimmt gar nicht.« Felipe legte den Arm um Franzi. »Es

ist meine Schuld, ich bin immer so ungeduldig. Und Grammatik kann ich einfach nicht erklären.«

Rubén schüttelte den Kopf. »Du bist ja auch kein Lehrer. Franzi muss in eine Sprachschule gehen, wenn sie ordentlich lernen will.«

Franzi nickte nachdenklich. »Da hast du wahrscheinlich Recht.«

»Nayeli und ich haben Deutschkurse in der Schule von einem Freund in der Nähe von Madrid belegt«, erzählte Rubén. »Die ist sehr gut. Leute aus der ganzen Welt kommen nach Cuenca, um Deutsch, Englisch, Französisch oder Spanisch zu lernen. Der Schulleiter, José Amado, ist sehr engagiert. Er wird sogar von einer internationalen Kulturstiftung unterstützt. Daher sind die Kurse alle sehr günstig. Sie finden fast das ganze Jahr über statt.«

Felipe nickte heftig. »Cuenca kenne ich! Mago und ich waren letztes Jahr im Herbst dort. Er ist auf dem Mittelaltermarkt mit seiner Zaubershow aufgetreten und ich habe die Bühnentechnik gemacht. Es war super.« Er winkte seinem Onkel zu, der gegenübersaß. »Miguel! Rubén und Nayeli waren auch in Cuenca!«

Magos Augen blitzten sofort begeistert auf. »Ja, ich weiß. José hat mir davon erzählt. Wir müssen auch bald mal wieder dorthin. Ich will endlich die alte Kathedrale besichtigen und in eines der Häuser gehen, die so spektakulär halb in den Fels gebaut sind – diese *Casas Colgadas*, die hängenden Häuser … « Mago war nicht mehr zu bremsen. Er schwärmte von den schmalen, verwinkelten Gassen der Altstadt, der einmaligen Lage hoch auf einem Felsplateau mitten in einer fantastischen Natur, den vielen kleinen Tapas-Bars, der mittelalterlichen Burganlage und dem alten Kloster. Sogar Kim und Marie hatten ihre Gespräche unterbrochen und lauschten. Mago seufzte. »Das kann man mit Worten einfach nicht beschreiben. Man muss es mit eigenen Augen gesehen haben!« Er zog sein Smartphone aus der Hosentasche und startete die Internetverbindung. Nachdem er kurz getippt hatte, reichte er das Gerät Franzi. »Hier, das ist die Homepage der Stadt. Sieh selbst!«

Kim und Marie sahen ihrer Freundin neugierig über die Schulter. »Es gibt sogar eine Live-Webcam, die überträgt, was auf dem Hauptplatz und der Umgebung los ist«, rief Franzi. Sie scrollte weiter. »Und diese hängenden Häuser sehen spannend aus!«

Marie stieß einen spitzen Schrei aus. »Die Sprachschule ist in einem uralten Kloster untergebracht. Das sieht ja aus wie ein Märchenschloss! Und es gibt neben den Sprachkursen auch ein tolles Sportprogramm: Bogenschießen, Kanufahren, Reiten, Klettern. Wahnsinn!«

Rubén lachte. »Richtig. Man kann dort wunderbar lernen und einen entspannten Urlaub verbringen.«

Franzi legte das Smartphone auf dem Tisch ab. »Ich will nach Cuenca«, sagte sie. »Am liebsten sofort!«

»Ich komme mit«, murmelte Marie, die sich das Handy in der Zwischenzeit geschnappt hatte. »Hier steht, dass das spanische Prinzenpaar, Letizia und Felipe, die erste Nacht der Flitterwochen in einem Luxushotel in Cuenca verbracht hat!« Verträumt sah sie in die Runde.

Kim lachte. »Das spanische Königshaus interessiert mich weniger. Aber der Rest klingt superspannend. Ich würde da auch sofort hinfahren.«

»Dann ist doch alles klar.« Marie warf ihre langen blonden Haare zurück. »In zwei Wochen beginnen die Osterferien. Lasst uns nach Cuenca fahren!«, verkündete sie.

Franzi stieß einen Freudenschrei aus. »Ja, das machen wir! Meine Eltern werden es nicht glauben, dass ich mal etwas freiwillig lernen will.«

»Ich kann José gerne anrufen und euch anmelden«, bot Rubén an. »Und ich könnte ihn fragen, ob es einen extra Schülerrabatt gibt.« Er zögerte, dann sagte er: »Allerdings müsst ihr vorher eure Eltern fragen, ob sie euch erlauben, alleine nach Spanien zu fliegen.«

Marie winkte ab. »Das ist doch kein Problem. Wir sind schließlich zu dritt. Und Spanien liegt doch nicht am anderen Ende der Welt.«

»Ich fürchte, dass das schon ein Problem ist«, sagte Kim plötzlich leise. Auf ihrer Stirn hatten sich zwei steile Falten gebildet. »Jedenfalls für meine Mutter. Sie wird mir das niemals erlauben.«

Im Bann der Eifersucht

»Mann, ist das peinlich«, murmelte Kim. Sie zerrte den Riemen der kleinen gelben Umhängetasche über ihren Kopf und ließ sich in den Sitz neben Marie fallen. Mit hochrotem Kopf schloss sie den Sicherheitsgurt. Die Tasche rutschte zu Boden. Kim ließ sie einfach liegen. Marie lächelte ihr aufmunternd zu. »Die sieht doch gar nicht schlecht aus. Gelb ist die Trendfarbe des Jahres.« Sie kramte in ihrem Matchbeutel. »Etwas uncool ist vielleicht das Riesenschild mit deinem Namen und der Adresse drauf.« Marie zog eine kleine Tube heraus und begann sich die Hände einzucremen. »Aber das kannst du ja später einfach abreißen.«
Kim verdrehte die Augen. »Was sollte ich denn machen? Meine Mutter hat dem Flug nach Spanien erst zugestimmt, nachdem sie rausgefunden hatte, dass es einen Begleitservice für ›minderjährige Fluggäste‹ gibt.« Sie starrte die Tasche zu ihren Füßen feindselig an. »Dass man von der Airline so einen Kindergartenbeutel für den Ausweis und die Tickets umgehängt bekommt, konnte ich wirklich nicht ahnen.« Kim fuhr sich durch die kurzen braunen Haare. »Oh Gott, ist das peinlich!«, wiederholte sie.
Franzi beugte sich vor. »Reg dich nicht auf. Deine Mutter hat es doch nur gut gemeint. Hauptsache, sie hat dich überhaupt fahren lassen.« Sie streckte die Beine aus und erwiderte das Lächeln der Stewardess, die gerade die Gepäckbox seitlich über ihren Köpfen schloss. »Außerdem hätten wir ohne dich und deinen Status als ›begleitete Person‹ niemals

diese tollen Plätze in der ersten Reihe bekommen. Ist doch alles perfekt.«

»Finde ich auch«, sagte Felipe. Er nickte Kim anerkennend zu. Franzi kuschelte sich an ihn. »Ich finde es vor allen Dingen toll, dass du mit uns nach Madrid fliegst!«, stellte sie fest. Sie lächelte glücklich. Ein unglaublicher Zufall hatte es gewollt, dass Felipe heute mit den drei !!! zusammen im Flieger saß: Kurz nachdem Rubén für Kim, Franzi und Marie mit der Erlaubnis ihrer Eltern den Sprachurlaub in Cuenca gebucht hatte, war Felipe von einer ehemaligen Klassenkameradin seiner Grundschule in Mexiko angemailt worden. Das Mädchen hatte ihn nach Madrid eingeladen, wo sie seit einiger Zeit mit ihrer Mutter lebte. Auch ein paar andere ihrer ehemaligen Mitschüler waren in den letzten Jahren mit ihren Eltern nach Spanien ausgewandert. Sie alle planten nun ein Treffen in Madrid.

Felipe hatte keinen Moment gezögert: Er wollte natürlich auch dabei sein. Schnell war es beschlossene Sache, dass er zusammen mit den drei !!! fliegen würde. Felipes Schulfreundin hatte angeboten, dass sie alle bei ihr übernachten konnten. Die drei !!! wollten am nächsten Tag mit dem Zug nach Cuenca weiterfahren, während Felipe für zwei Wochen in Madrid blieb. Anschließend würde er mit den drei !!! wieder zurück nach Deutschland fliegen. Alles war einfach perfekt.

Das Flugzeug hob ab und Franzi fühlte sich frei und leicht und sehr glücklich. Sie schloss die Augen.

Als sie nach einem kurzen Nickerchen erwachte, fiel ihr erster Blick auf Kim. Sie blätterte zerstreut in einem Reiseführer und wirkte ziemlich angespannt. Jetzt seufzte sie.

Franzi vermutete, dass Kim ihren Freund Michi vermisste. Die beiden waren in den Weihnachtsferien wieder zusammengekommen und seitdem unzertrennlich. Es war bestimmt ziemlich schlimm für Kim, Michi nun zwei Wochen lang nicht sehen zu können.

Kim sah auf. »Wir müssen in Madrid unbedingt ins Café *San Ginés* und *churros con chocolate* essen!« Sie hielt Franzi das Buch unter die Nase und deutete auf ein Foto, auf dem ein Mädchen einen goldgelben Gebäckkringel in ein Glas mit dickflüssiger Schokolade tunkte. »Außerdem gibt es eine Straße, in der lauter Buchläden sind, das *Barrio de las Letras*, da muss ich hin.«

Franzi atmete erleichtert auf. Offensichtlich litt ihre Freundin doch nicht so sehr. Im selben Moment seufzte Kim wieder. Sie blinzelte eine Träne weg. »Ich wünschte nur, Michi könnte auch dabei sein. Ich weiß nicht, wie ich die nächsten zwei Wochen ohne ihn überstehen soll.«

Franzi schwieg betreten. Marie boxte Kim leicht in die Seite. »Jetzt aber nicht melancholisch werden! Du wirst sehen, die Zeit vergeht wie im Flug. Wir machen uns einen tollen Tag in Madrid und danach wird in Cuenca Spanisch gelernt, bis der Kopf qualmt.« Marie tippte auf ihrem neuen iPad. »Ich freue mich einfach darauf, dass ich Holger später alles erzählen kann, was wir erlebt haben. Und bis dahin will ich Spaß haben! Schau mal«, sie hielt Kim das iPad hin, »meine Liste mit den besten Einkaufsadressen in Madrid. Da findest du bestimmt auch etwas Schönes.«

Kim ließ den Kopf hängen. »Ja, toll. Danke«, murmelte sie.

Marie seufzte. »Vielleicht interessiert dich das hier ja mehr.«

Sie wischte über den Screen. »Ich habe eine neue App mit einem genialen Detektivspiel. Wir können eine Runde zusammen spielen.«
Tatsächlich schien das Stichwort »Detektiv« Kim auf andere Gedanken zu bringen. Nach kurzer Zeit war sie zusammen mit Marie in das Spiel versunken.
Felipe zeigte Franzi unterdessen ein Klassenfoto aus seiner Grundschulzeit. »Das da ist Gordi.« Er deutete auf ein kleines dickes Mädchen mit strubbeligen Haaren, das beim Lächeln eine große Zahnlücke zeigte. »Bei ihr und ihrer Mutter übernachten wir heute.«
»Gordi?« Franzi zog die Augenbraue hoch. »Ist das ein mexikanischer Name?«
Felipe lachte. »Nicht direkt. Es ist die Abkürzung von *Gordita*, das heißt auf Deutsch ›Dickerchen‹. Es ist ihr Spitzname.«
Franzi sah Felipe empört an. »Das ist aber nicht sehr nett!«
»So sind Kinder halt. Aber Gordi hat den Namen gar nicht so schlimm gefunden.«
»Hm«, machte Franzi. »Ich wäre mir da nicht so sicher.« Sie zog das Foto näher zu sich heran und sah konzentriert darauf. »Wo steckst *du* eigentlich?«
Felipe lehnte sich grinsend zurück. »Erkennst du mich wirklich nicht?«
Franzi schüttelte den Kopf. »Nein. Keine Chance.« Dann sah sie nochmals genau hin. Plötzlich musste sie lächeln. »Bist du etwa der Zwerg links neben Gordi, der ihr gerade mal bis zur Schulter reicht?!«
Felipe nickte. »Genau der. Mein Spitzname war übrigens tatsächlich *Gnomo,* also Zwerg!«

Franzi lachte. »Schon lustig, wie Kinder sich verändern.« Sie betrachtete Felipes breite Schultern, seine langen Beine und die muskulösen Arme.
Eine halbe Stunde später landeten sie pünktlich in Madrid. Dank der netten Stewardess, die Kim begleitete, konnten sie eine Abkürzung durch die Personalgänge nehmen. Nach wenigen Minuten hatten sie die Gepäckausgabehalle erreicht.
»Da ist ja schon mein Koffer!«, rief Marie begeistert und zerrte das rote Ungetüm vom Band. Die Rucksäcke von Franzi, Kim und Felipe folgten gleich darauf.
Schwer beladen steuerten sie zusammen mit der Stewardess auf den Ausgang zu. »Es ist total nett von ›Dickerchen‹, dass sie uns abholt«, sagte Franzi.
Felipe nickte. »Ja, sie und ihre Mutter sind echt unheimlich lieb. Du wirst sie sehr mögen!« Die automatische Tür öffnete sich und gab den Weg in die Ankunftshalle frei. Es wimmelte von Menschen, die auf ihre Freunde und Angehörigen warteten oder sie schon lautstark begrüßten und umarmten.
Franzi lief mit Kim und Marie hinter Felipe her. Plötzlich ertönte ein lautes Rufen: *»¡Gnomo, Gnomo! ¡Aquí!«*
Felipe machte die Richtung aus und fasste Franzi an der Hand. Freudig bahnte er sich den Weg durch die Menschenmenge. Es war gar nicht so leicht mit dem Gepäck durchzukommen. Besonders Marie hatte Schwierigkeiten ihren großen Rollkoffer durch die Menge zu manövrieren. Kim wartete zusammen mit der Stewardess auf sie. Dann folgten sie Felipe in einigem Abstand.
»Gordi!«, rief Felipe plötzlich und winkte wild.
Franzi sah, wie er zielstrebig auf ein molliges Mädchen in

einem dunkelblauen Kleid zusteuerte, neben dem eine grauhaarige Frau stand.
»Da sind sie«, rief Franzi ihren Freundinnen über die Schulter zu. Die Stewardess nickte Kim zu und verabschiedete sich mit einem Lächeln.
Franzi lief etwas schneller. Plötzlich schoss hinter den beiden Frauen eine zierliche Gestalt mit ausgebreiteten Armen hervor. Sie fiel Felipe um den Hals und qietschte: *»¡Bienvenidos!«*
Franzi, die ihren Blick auf das mollige Mädchen geheftet hatte, reagierte nicht schnell genug. Sie lief mit vollem Tempo gegen Felipes Rücken und prallte zurück. Kim und Marie konnten sie gerade noch auffangen, bevor sie rückwärts zu Boden ging.
Als Franzi sich aufgerappelt hatte, blickte sie in ein hübsches Mädchengesicht, das von einer dunkelbraunen Lockenmähne umrahmt wurde. Die Augen waren sorgfältig geschminkt, der Mund leuchtete korallenrot, und sehr lange, sehr schlanke Beine schauten aus einem sehr kurzen Rock hervor, in dessen unglaublich schlanker Taille eine feuerrote Seidenbluse steckte. Die Beine endeten in grazilen goldenen Sandaletten mit schmalen Absätzen.
Mit erschrockenen Augen musterte das Mädchen Franzi. Sie sagte etwas auf Spanisch. Ihre Stimme klang besorgt.
Auch Felipe sah besorgt aus. »Hast du dir wehgetan?«, wollte er wissen.
Franzi schluckte. Sie schüttelte den Kopf. »Nein, alles in Ordnung.« Sie sah zwischen Felipe und dem Mädchen hin und her. »Ist *das* deine alte Schulfreundin Gordi?«, brachte sie schließlich hervor.

Felipe nickte. »Ja.« Er räusperte sich. »Schon lustig, wie Kinder sich verändern, was?«
»Ja«, sagte Franzi lahm. Sie brachte ein Lächeln zustande und streckte dem Mädchen mechanisch die Hand hin. »Hallo! Ich meine: *¡Hola!*«
Das Mädchen strahlte Franzi an und zog sie an der Hand näher zu sich. Dann gab sie ihr ein Küsschen rechts und eines links. *»¡Hola! ¿Qué tal?«* Das hatte Franzi verstanden – *Wie geht's? »Muy bien, gracias«*, antwortete sie.
Gordi begrüßte Kim und Marie ebenfalls mit Küsschen und sprach anschließend in rasantem Tempo auf Felipe ein. Er übersetzte: »Wir müssen uns beeilen, Gordis Mutter wartet draußen im Auto in der Kurzparkerzone auf uns.«
»Na dann«, sagte Marie fröhlich, schnappte sich ihren Rollkoffer und folgte Gordi. Felipe fasste Franzis Hand. »Madrid, wir kommen!«, flüsterte er ihr ins Ohr. Seine Augen strahlten glücklich. »Wir treffen nachher zwei alte Schulfreunde von mir. Ich kann es kaum erwarten Pepe und Luis wiederzusehen und sie dir vorzustellen! Freust du dich?«
Franzi riss sich zusammen. Sie nickte. »Klar!«
»Die beiden gehen hier auf ein Sportinternat, seit ihre Eltern nach Madrid gezogen sind. Sie sind totale Skaterfans. Du wirst dich gut mit ihnen verstehen.«
»Ja, bestimmt«, murmelte Franzi. *Solange sie keine Locken bis zum Po haben,* ergänzte eine Stimme in ihrem Kopf den Satz.
Franzi zuckte zusammen. Was war das denn? Ein brennendes Gefühl machte sich in ihrer Magengegend breit. Sie biss sich auf die Lippen. Plötzlich hörte sie die Kopfstimme ein weiteres Mal. Sie sagte nur ein Wort: *Eifersucht!*

Franzi wurde es abwechselnd heiß und kalt. »So ein Quatsch«, murmelte sie.
»Alles klar bei dir?«, fragte jetzt eine reale Stimme. Felipe sah sie von der Seite an.
»Ja, natürlich!«, beeilte sich Franzi zu sagen. Sie lächelte. »Ich freue mich total, dass wir hier sind!« *Nur die Löckchentante hätte zu Hause bleiben können.* Schon wieder die Kopfstimme. Franzi atmete tief durch. Jetzt reichte es langsam. Sie würde sich doch die Zeit nicht durch irgendwelche seltsamen Gedanken vermiesen lassen! Sie sah Felipe tief in die dunkelbraunen Augen. Und als er ihr einen sanften Kuss auf die Lippen drückte, fielen alle unangenehmen Gedanken mit einem Schlag von ihr ab. Ein warmes und sicheres Gefühl breitete sich in Franzi aus.
Leider sollte dieser Zustand nicht lange anhalten.
Gordis Mutter, eine sehr nette, gut aussehende Frau um die vierzig, begrüßte die drei !!!, und natürlich besonders Felipe, herzlich. Auf der halbstündigen Fahrt ins Stadtzentrum unterhielt sie sich angeregt mit ihm und Gordi. Franzi fühlte sich an die Tischrunde im *Yucatán* erinnert: Eine Welle fremder Worte schlug über ihr zusammen und hinterließ ein langes, undefinierbares Rauschen. Der einzige Unterschied war, dass Felipe dieses Mal nicht übersetzte. Er hielt zwar die ganze Zeit fest ihre Hand, aber er war so von dem Gespräch eingenommen, dass er Franzi überhaupt nicht mehr beachtete. Auch nachdem sie in der Wohnung angekommen waren und ihr Gepäck, die Schlafsäcke und Isomatten im Gästezimmer verstaut hatten, schien Felipe nur noch Augen für Gordi zu haben. *Zwergpudel in Goldpantoffeln,* raunte die

innere Stimme. Franzi erschrak. Sie schüttelte den Kopf, als könne sie damit alle fiesen Gedanken aus ihren Gehirnwindungen entfernen. Aber es hörte nicht auf.

Sie trafen Felipes Freunde in einem Café an der *Plaza Mayor*. Die beiden waren wirklich sehr nett und sie unterhielten sich auf Englisch über die besten Skaterbahnen in Madrid. Aber so richtig war Franzi nicht bei der Sache. Immer wieder beobachtete sie Gordi: Wie sie sich durch die Haare fuhr. Wie sie mit Felipe die Köpfe zusammensteckte und über die alten Fotos lachte. Wie sie den Kellner mit einem charmanten Lächeln dazu überredete, ihnen kostenlose Tapas zur Limonade zu bringen, obwohl es die sonst nur zu alkoholischen Getränken gratis gab.

Kim war total begeistert von den im Speckmantel gebratenen Datteln und den anderen leckeren Sachen, die daraufhin in kleinen Schälchen auf den Tisch gestellt wurden. Und Marie war begeistert von Gordis Talent, Leute um den Finger zu wickeln.

Franzi kaute auf einer Olive herum und dachte: *Die Flokatitussi in Glitzerlatschen schleimt sich ein.* Sie hatte in den ganzen folgenden Stunden immer wieder mit der inneren Stimme zu kämpfen, die immer fiesere Sachen sagte. Franzi war so beschäftigt sich zu beherrschen die Dinge nicht laut auszusprechen, dass sie immer wortkarger wurde und sich schließlich gar nicht mehr an den Gesprächen der anderen beteiligte. Alle Sehenswürdigkeiten, die Felipe und seine Freunde ihnen zeigten, rauschten nur so an ihr vorbei.

»Was ist denn los?«, fragte Felipe, als sie am Abend in der Küche standen und mit Gordi, Pepe und Luis und zwei wei-

teren Jungen, die vorbeigekommen waren, eine große Paellapfanne zubereiteten. »Du bist so schweigsam.«
Franzi bürstete an der Spüle eine Muschel unter fließendem Wasser und ließ sie ins Abtropfsieb fallen. Sie griff sich die nächste und schüttelte den Kopf. »Quatsch.«
»Irgendetwas ist doch!«
»Blödsinn. Lass mich einfach in Ruhe!«
»Habe ich etwas falsch gemacht?« Felipe sah sie verunsichert an.
Bevor Franzi antworten konnte, kam Marie zu ihnen rüber. »Seid ihr bald fertig? Es fehlen nur noch die Muscheln und die Garnelen.« Sie deutete zum Herd, an dem Gordi und Pepe Hühnchenfleisch, Reis und Gemüse in einer großen Pfanne anbrieten, während sie gut gelaunt und etwas falsch jeden Song im Radio mitsangen. »Riecht schon total lecker, was?« Ohne Franzis schlecht gelauntes Gesicht zu bemerken plapperte Marie weiter: »Stellt euch vor, Mercedes-Maxima ist Model!«
»Wie bitte?« Franzi verstand nur Bahnhof.
»Na Felipes Schulfreundin Gordi. Das ist nur ihr Spitzname, sie heißt eigentlich Mercedes-Maxima. So steht es auf ihrer Sedcard, die sie mir vorhin gezeigt hat. Ein spanischer Fotograf hat sie in Mexiko entdeckt. Deswegen ist sie ja mit ihrer Mutter hierhergezogen.« Marie nickte heftig. »Ich sage euch, das Mädel wird eine super Model-Karriere machen.«
»Mit dem bescheuerten Namen ganz bestimmt!«, entfuhr es Franzi. Schnell senkte sie den Kopf, um ihre roten Wangen zu verbergen, und schrubbte konzentriert an der Muschel herum.

Marie sah sie verdutzt an. »Was ist denn jetzt los?«
»Nichts.« Franzi schleuderte die letzte Muschel ins Sieb. »Fertig. Kannst sie rüberbringen.« Sie atmete tief durch.
Marie tauschte einen besorgten Blick mit Felipe. Bevor sie etwas sagen konnte, kam Kim mit einem Teller Garnelen dazwischen. »Kann ich mal ans Waschbecken?«
Franzi trat zur Seite. Als Kim den Wasserhahn aufdrehte, streifte sie leicht ihren Ellbogen. »Ups.«
»Pass doch auf!«, fuhr Franzi sie an.
Kim ließ beinahe den Teller fallen. »Was ist denn jetzt los?«
Franzis Augen funkelten vor Wut. »Könnt ihr vielleicht mal was anderes fragen?!«, zischte sie, warf das Geschirrtuch auf den Boden und rannte aus der Küche.

Geheimes Tagebuch von Kim Jülich
Samstag, 23:55 Uhr
Lesen verboten für alle, die nicht Kim Jülich heißen!
Sonst: 💣☠. Alles klar?!
Marie und Franzi schlafen schon. Ich bin auch total müde, aber ich muss noch kurz aufschreiben, was heute alles in Madrid passiert ist. In den Tagen vor unserer Abfahrt ist es mir ziemlich schlecht gegangen. Ich hatte sogar überlegt den Sprachkurs abzusagen, weil ich Angst hatte, dass ich es ohne Michi nicht aushalte. Im Flieger habe ich ihn wirklich schrecklich vermisst. Aber Marie hat mich total nett getröstet. Dann ging es schon besser. Und als ich nach dem Flug mein Handy wieder eingeschaltet habe, war eine MMS von Michi da! Er hat ein Foto von sich geschickt, auf dem er mit einem Loch auf der Brust abgebildet ist. Drunter steht: Mein Herz ist bei dir. *Das ist soooooo*

witzig und süß!!! Mein liebster Michi! Ich bin so glücklich, dass es dich gibt. Wir werden diese zwei Wochen schon irgendwie überstehen!
Wem es heute erst gut und dann leider schlecht ging, ist Franzi. Sie ist nämlich tierisch eifersüchtig gewesen. Und zwar auf Felipes alte Schulfreundin, bei der wir heute übernachten. Gordi sieht extrem gut aus und arbeitet als Model. Obwohl sie damit schon ziemlich viel Geld verdient, ist sie überhaupt nicht eingebildet, sondern auch noch supernett und witzig. Ehrlich gesagt, weiß ich auch nicht, wie ich reagieren würde, wenn Michi so eine tolle alte Schulfreundin hätte … Hat er aber nicht ☺.
Franzi wollte zuerst nicht zugeben, dass sie eifersüchtig ist. Deshalb war sie den ganzen Tag schlecht gelaunt. Am Abend ist sie dann endgültig ausgeflippt und aus der Küche gerannt, aber Felipe ist hinterher und hat über eine Stunde auf sie eingeredet, bis sie ihm endlich gesagt hat, was los ist. Er ist aus allen Wolken gefallen. Normalerweise ist es doch immer er, der total eifersüchtig ist und befürchtet, ein anderer Typ könnte ihm Franzi wegschnappen. Jetzt war es mal umgekehrt. Felipe hat Franzi geschworen, dass er nur sie liebt. Gordi bedeutet ihm viel, weil sie ein Teil seiner Vergangenheit in Mexiko ist. Aber das hat nichts mit Liebe zu tun. Nachdem die beiden sich ausgesprochen hatten, kamen sie Hand in Hand wieder in die Küche. Jetzt ist alles wieder gut. Ich freu mich soooo!!!
Der Abend war dann noch sehr lustig. Wenn Gordis Mutter nach ihrem Theaterbesuch Felipes Freunde nicht nach Hause und uns ins Bett geschickt hätte, würden wir wahrscheinlich immer noch in der Küche sitzen und Blödsinn machen. Wir haben Paella gegessen und Felipe und die anderen Jungs haben

dauernd herumgealbert. Als Pepe und Luis einen Fächer im Küchenregal gefunden haben, wollten sie uns die Fächersprache erklären. Man benutzt dabei den Fächer entweder auf- oder zugeklappt, hält ihn rechts oder links und macht eine bestimmte Bewegung damit. Das ist dann eine Art Code für Verliebte. Als Luis sich z. B. den Fächer vor den Mund gehalten und Marie dabei angesehen hat, sollte das heißen: »Ich will einen Kuss!« (Marie hat da ganz locker reagiert und ihm den Fächer auf die Nase schnalzen lassen ;-).) Als Luis aus einer alten Zeitung Fächer für alle falten wollte, ist ihm die fette Überschrift eines Artikels ins Auge gesprungen. Er hat irgendwas von einer Serie von Kunstrauben erzählt, die Madrid gerade in Atem hält. (Schade eigentlich, dass wir schon morgen nach Cuenca weitermüssen – Kunstdiebe in Madrid zu jagen wäre auch nicht schlecht gewesen ;-).) Eines der gestohlenen Bilder hatte einen Titel, in dem das Wort »Flamenco« vorkam. Daraufhin wollten die Jungs uns sofort zeigen, wie dieser Tanz geht. Es war zum Totlachen. Aber dann kam Gordi, die hier gerade an einer Flamencoschule lernt. Sie hat sich ein knallrotes Fransentuch über ihre Jeans um die Hüften gebunden und losgelegt. Wahnsinn! Sie sah noch besser aus als die Tänzerinnen in dem tollen alten Film »Carmen«, den ich letzte Woche mit Mama auf DVD gesehen habe. Sogar Marie und ich haben getanzt wie die Wilden. Besonders Franzi hatte die Schritte und die richtige Armhaltung schnell raus. Felipe hat ihr total verliebt und bewundernd zugesehen und sie haben sich wieder geküsst!
Es ist also alles wieder gut! Felipe will morgen für einen Tag mitkommen und uns ein paar schöne Ecken in Cuenca zeigen. Franzi ist superglücklich!

Wie gut, dass wir alles ganz entspannt angehen lassen können: Die Kurse fangen erst am Montag an. Juhuuuu! Cuenca, wir kommen!!!

Der Auftrag

»Y aquí tenemos las tres detectives: Kim, Franziska y Marie. ¡Bienvenidas a Cuenca!«, rief die junge Frau in Jeans und lockerem weißem Leinenhemd, die ihnen in der großen Eingangshalle der Sprachschule entgegenkam. *»¡Hola! Soy Inma, la secretaria«*, stellte sie sich lächelnd vor.
Felipe grinste. »Das ist Inma, die Sekretärin.« Er übersetzte ihre ersten Worte: »Und hier haben wir die drei Detektivinnen: Kim, Franzi und Marie. Herzlich willkommen!«
Überrascht gaben sie der zierlichen Frau die Hand.
Felipe schüttelte den Kopf. »Kaum zu glauben, aber man kennt euch sogar schon hier.«
Franzi ließ vor Aufregung ihren Rucksack auf Maries Fuß fallen, was diese, ebenfalls vor lauter Aufregung, zuerst gar nicht merkte. Sie sah Felipe an. »Kannst du bitte mal fragen, woher sie uns kennt?«
»Ja, das wüsste ich auch gerne!«, rief Marie und zog ihren Fuß unter dem Rucksack hervor. »Autsch übrigens«, sagte sie. Franzi sah sie irritiert an.
Felipe fragte Inma und nachdem sie geantwortet hatte, erzählte er: »José Amado hat ihr ganz begeistert von drei deutschen Mädchen erzählt, die unbedingt Spanisch lernen wollten. Rubén hat ihn ja vor zwei Wochen angerufen, um euch anzumelden. Er hat José von euch vorgeschwärmt und dabei erzählt, dass ihr sogar einen Detektivclub habt – das hat ihn nämlich offensichtlich schwer beeindruckt. Er hat sogar einen Artikel über euch erwähnt, der in der Zeitung stand.«

Marie und Franzi machten zufriedene Gesichter. Kim jedoch fühlte sich offensichtlich nicht wohl. »Ich fände es nicht gut, wenn uns jetzt alle auf den Detektivclub ansprechen«, sagte sie.
»Ach was, warum denn nicht?« Marie fuhr sich durch die Haare. »Wir können doch stolz darauf sein. Und wenn du keine Lust hast, musst du ja nichts erzählen.«
Kim wiegte den Kopf. »Na ja.«
In der Zwischenzeit hatte die Sekretärin mit Felipe gesprochen. »Inma zeigt euch jetzt euer Zimmer. Wenn ihr eure Sachen hingebracht habt, sollt ihr gleich zu José ins Büro kommen«, sagte er.
»Warum denn das?«, wollte Franzi wissen.
Felipe zuckte mit den Schultern. »Sie hat keinen Grund genannt. Aber es ist doch nett, wenn José Amado euch persönlich begrüßen will.« Felipe nahm Franzis Rucksack. »Ich komme am besten auch mit, um ihm kurz Hallo zu sagen. Und nachher zeige ich euch auf der *Plaza Mayor* die beste Tapas-Bar in ganz Cuenca!« Gut gelaunt gab er Franzi einen Kuss auf die Wange. »Und wir gehen noch am Fluss spazieren, ich kenne eine total schöne Stelle mit einer kleinen Insel im Wasser«, flüsterte er ihr dabei ins Ohr.
Franzi nickte begeistert.
Sie folgten Inma, die zu einer schweren, dunklen Holztür am Ende der Eingangshalle lief. Von dort ging es über eine breite Treppe und mehrere schmale Flure in einen weiteren Gebäudetrakt. »Das ist ja hier wie in Hogwarts«, bemerkte Felipe. Bewundernd blickte er zu der reich verzierten Kassettendecke hoch über ihren Köpfen.

Sie gingen durch eine weitere riesige Holztür mit zwei Flügeln und erreichten wieder einen langen Flur. Ihre Schritte hallten auf dem Steinboden. Auf der linken Seite gab es ein Dutzend Fenster, durch die eine in dichten Nebel gehüllte Landschaft zu sehen war. Mit einem Wink zum Fenster sagte Franzi: »Das Wetter hatte ich mir aber anders vorgestellt!«
Inma schien Franzi verstanden zu haben. Sie sagte etwas zu Felipe. »Wir können froh sein, dass es wenigstens aufgehört hat zu regnen«, übersetzte er. »Dieses Frühjahr in Cuenca war so nass wie schon lange nicht mehr. Der Fluss ist sogar über seine Ufer getreten und hat zahlreiche Keller unter Wasser gesetzt. Aber ab dieser Woche soll die Sonne endlich rauskommen.«
Sie liefen weiter durch menschenleere Gänge vorbei an Dutzenden geschlossener Türen.
»Wo stecken eigentlich die anderen Schüler?«, wollte Marie wissen. »Oder sind wir etwa allein hier?«
Felipe ließ es sich von Inma erklären. »Es gibt gerade drei Schulklassen aus Deutschland. Sie sind schon seit einer Woche da. Momentan befinden sie sich auf einem Tagesausflug in Toledo«, konnte er schließlich sagen. »Sie kommen erst heute spätabends zurück. Im Sommer ist hier übrigens viel mehr los. Da kommen die Leute aus aller Welt hierher.«
Inma entschuldigte sich, sie hatte es etwas eilig, weil sie noch die Stundenpläne für die kommende Woche machen musste. Hastig händigte sie den Mädchen den Zimmerschlüssel und die Hausordnung aus und erklärte Felipe, wo sich das Büro des Schulleiters befand. Dann verabschiedete sie sich.
Das Zimmer war relativ groß und einfach, aber zweckmäßig

eingerichtet. Es hatte sogar ein eigenes kleines Bad mit Dusche und Toilette. Ein Doppelstockbett befand sich an der einen Wand, ein Einzelbett an der gegenüberliegenden. Es gab einen Schreibtisch, der sich über die gesamte Fensterseite zog, und einen Schrank in einer Nische. Das Fenster bot eine spektakuläre Aussicht auf eine Schlucht, durch die sich malerisch ein Fluss schlängelte.

»Das wird aber knapp«, bemerkte Marie. Sie sah zwischen ihrem großen Rollkoffer und dem schmalen Schrank hin und her. »Den fülle ich ja alleine mit meinen Klamotten.«

Kim winkte ab. »Wir werden uns schon einig. Wenn du Franzi und mir wenigstens zwei Fächer überlässt, reicht das völlig, oder?« Sie sah Franzi an.

Ihre Freundin stimmte sofort zu. »Geht in Ordnung.« Sie grinste. »Wie gut, dass *ich* meine Seidenblusen und Kaschmir-Kostüme dieses Mal zu Hause gelassen habe.«

Marie streckte ihr die Zunge raus.

Franzi stützte grinsend die Hände in die Hüfte. »Prima. Nachdem wir das jetzt geklärt haben, können wir ja zu José Amado gehen.«

Sie irrten eine Weile durch die labyrinthischen Flure und Treppen, bis sie den Ausgang zum Innenhof gefunden hatten. Dann durchquerten sie den kleinen Klostergarten, in dem die ersten Kräuter und Blumen zu sprießen begannen, und traten in den gegenüberliegenden Arkadengang ein.

Die Tür zum Büro des Schulleiters stand offen. Ein großer Mann mit gemütlichem Bauchansatz und eisgrauem Haar erhob sich hinter seinem Schreibtisch und lief auf sie zu. José Amado empfing sie herzlich. Er sprach sehr gut Deutsch,

weil er früher als Dolmetscher in Madrid gearbeitet hatte, wie er ihnen erzählte. Nachdem er sich mit Felipe über Rubén und Nayeli und ihr neues Leben in Deutschland unterhalten hatte, machte er eine kurze Pause. Er rollte einen Kuli auf der Schreibunterlage hin und her und sah ernst drein. »Ich habe noch ein Anliegen«, begann er. Die drei !!! sahen ihn gespannt an. »Wie ich von Rubén hörte, habt ihr in Deutschland einen Detektivclub, der sehr gute Arbeit leistet«, setzte er fort. »Nun«, er räusperte sich, »es gibt da eine Sache, in der ihr vielleicht helfen könntet.«
Die drei !!! standen plötzlich unter Hochspannung. Es kam nicht oft vor, dass Erwachsene ihren Detektivclub um Hilfe baten. Meist wurden sie eher ermahnt sich nicht in Gefahr zu bringen, weil man sie total unterschätzte.
Franzi rückte gespannt ihren Stuhl näher zum Schreibtisch. »Um was geht es?«
Amado legte den Kugelschreiber in einer Schale ab. »Ich muss euch aber um absolute Verschwiegenheit bitten!«
Marie nickte. »Das ist doch selbstverständlich«, sagte sie ernst. »Sie können sich auf uns verlassen.«
Amado seufzte. »Also gut. Es geht darum, dass einem guten Freund von mir etwas gestohlen wurde.« Der Schulleiter machte eine Pause. Er nahm einen Bleistift von einem Papierstapel und legte ihn zu dem Kuli in die Schale. Dann sagte er: »Etwas sehr Wertvolles. Und die Umstände sind, nun, sie sind so, dass er zunächst keine Polizei einschalten möchte.«
Franzi zog die Augenbrauen hoch. »Aha?«
José seufzte. »Alles Weitere erklärt Antonio euch am besten

selbst. Wenn ihr gleich zu ihm gehen könntet, wäre das wunderbar. Der Palmsonntagsgottesdienst ist seit einer halben Stunde zu Ende.«

Kim sah den Schulleiter irritiert an. Er lächelte. »Antonio Delgado ist unser Pfarrer«, sagte er. »Ihr findet ihn in der Pfarrei im Gebäude hinter der Kathedrale am Hauptplatz, der *Plaza Mayor*.«

Kim und Marie sprangen sofort auf. »Dann nichts wie los!«, rief Marie unternehmungslustig.

Franzi stand zögernd auf. Sie zog das Haargummi an einem ihrer Zöpfe fest und sah zwischen Felipe und ihren Freundinnen hin und her. Ihr Blick blieb an Felipe hängen.

Er räusperte sich. »Wir wollten doch etwas essen und dann an den Fluss gehen.«

Franzi nickte. »Ja, aber ...« Sie wusste in diesem Moment nicht mehr weiter. Sie war hin- und hergerissen zwischen dem Wunsch Zeit mit Felipe zu verbringen und der Lust sich sofort in den neuen Fall zu stürzen. Furchtbar!

Glücklicherweise hatte Kim die rettende Idee. »Was hältst du davon«, sagte sie zu Felipe, »wenn wir zusammen zur *Plaza* laufen und du in der Tapas-Bar auf uns wartest. Wir sprechen kurz mit dem Pfarrer und kommen dann gleich nach. Okay?«

Felipe zögerte einen Moment. Dann zuckte er mit den Schultern. »Ja, gut. Machen wir es so.«

Franzi hakte sich bei ihm unter. »Du bist ein Schatz!«

Sie verabschiedeten sich von José Amado. Kim holte schnell das Detektivheft aus ihrem Zimmer, dann liefen sie zur nahe gelegenen *Plaza Mayor*. Zahlreiche kleine Cafés und Bars,

Souvenirläden und Galerien reihten sich dort nebeneinander auf. Trotz der kühlen Temperaturen saßen viele Leute im Freien und nippten an ihren Kaffee- und Teetassen. Felipe deutete auf eine Bar mit einem roten Vordach. »Ich warte hier, bei *Jovi's Place*, auf euch. Es gibt die leckersten *albóndigas*, die ihr euch vorstellen könnt!«

Franzi grinste. »Albondingsdas klingt gut. Auch wenn ich nicht weiß, was das ist. Aber das wird sich ja in einer halben Stunde ändern. Bis gleich, wir beeilen uns!« Sie gab Felipe einen Kuss und folgte ihren Freundinnen.

Marie und Kim hatten schon den Platz überquert. Sie wartete auf den Stufen vor der Kathedrale. Marie betrachtete mit in den Nacken gelegtem Kopf die drei eindrucksvollen Torbögen und die vielen verzierten Türme, Erker und Fenster des riesigen Baus. »Toll!«, sagte sie.

Franzi wippte ungeduldig auf den Fersen. »Das Pfarrbüro liegt auf der Rückseite der Kathedrale. Kommt schon!«

»Ja, lasst uns gehen«, sagte Marie und fügte grinsend hinzu: »Damit Franzi schnell genug wieder zu ihrem Schatz zurückkommt!« Nur mit einem Blitzstart konnte sich Marie vor Franzis Kitzelattacke retten.

»›*Parroquía Nuestra Señora de Gracia*‹«, las Kim vor, als sie an der Rückseite der Kathedrale angelangt waren. Sie zog die Stirn in Falten. »Langsam nervt es, dass man gar nichts versteht. Ich kann es kaum erwarten, dass wir endlich ein paar Brocken Spanisch lernen.«

Franzi zuckte mit den Schultern. »Hier werden wir schon richtig sein.« Sie drückte auf den Klingelknopf.

Einen Augenblick später öffnete ihnen der Pfarrer persönlich

die Tür. Als er die drei Mädchen sah, zwinkerte er kurz irritiert, lächelte aber gleich wieder. »Servus!«, sagte er. »José hat mich gerade angerufen und gesagt, dass ihr unterwegs seid.«
Die drei !!! stutzten. Antonio Delgado sprach mit einem leicht bayerischen Akzent. Als er die verdutzten Gesichter der Mädchen sah, lächelte er. »Ihr wundert euch sicher über meine Aussprache: Ich habe einige Jahre in München studiert und dort Deutsch gelernt«, erklärte er.
Franzi seufzte. »Ich hoffe, ich kann auch irgendwann einmal so gut Spanisch sprechen wie Sie Deutsch. Ob mit oder ohne Akzent!«
»Dafür seid ihr ja in Josés Sprachschule«, antwortete der Pfarrer lächelnd. »Man kann nie früh genug anfangen, eine Fremdsprache zu lernen.«
Er führte die drei Detektivinnen in sein Büro. Vor dem Schreibtisch standen bereits drei Stühle. »Bitte, nehmt doch Platz«, sagte er. Dann setzte er sich in den Sessel hinter dem Tisch und faltete die Hände. »Es ist sehr nett von euch, dass ihr sofort vorbeigekommen seid. Habt vielen Dank!«
Die drei !!! nickten und setzten sich ebenfalls. Franzi beugte sich vor. Sie hielt es vor Neugier bald nicht mehr aus. »Señor Delgado, lassen Sie uns über den Fall sprechen. Was ist Ihnen gestohlen worden? Wann? Haben Sie einen Verdacht, wer der Dieb gewesen sein könnte?«, sprudelte es aus ihr hervor.
Der Pfarrer lehnte sich zurück. Er setzte seine Brille ab und sah Franzi ernst an.

»José hat mir gesagt, dass ihr ein erfolgreiches Detektivbüro betreibt«, sagte er schließlich. Er machte eine Pause. Dann sprach er zögernd weiter: »Aber er hat nicht gesagt, dass ihr noch so jung seid. Bitte nehmt es mir nicht übel, aber ich bin schon etwas überrascht …«

Die drei !!! nickten gelassen. Es wäre auch zu schön gewesen! Marie zog das silberne Etui mit den Visitenkarten aus ihrer Tasche. Sie reichte eine Karte über den Tisch. Delgado nahm sie und las:

»Wir haben über vierzig kriminalistische Fälle im In- und Ausland bearbeitet«, erklärte Kim unterdessen mit ruhiger und sachlicher Stimme. »Unsere Erfolgsquote beträgt einhundert Prozent. Beste Kontakte zur deutschen Polizei und zu einem chemisch-technischen Labor tragen dazu bei. Sie ermöglichen es uns in kürzester Zeit Spuren zu analysieren

und kriminaltechnische Verfahren in großem Umfang zu nutzen.«
Der Pfarrer lauschte beeindruckt. »Das klingt professionell«, sagte er schließlich.
Franzi zwinkerte Kim zu. Sie hatte es mal wieder auf den Punkt gebracht. Und dabei hatte sie noch nicht einmal übertrieben. Den guten Kontakt zur Polizei hatten sie tatsächlich: Kommissar Peters, ein guter Freund von Maries Vater, stand ihnen oft mit Rat und Tat zur Seite (leider auch mit Mahnungen, die sie jedoch meistens souverän übergingen). Und ihr Freund Michi war mit seinen chemischen Kenntnissen immer eine große Hilfe. Umso mehr, seit er seine Ausbildung zum chemisch-technischen Assistenten machte und die teuren Profi-Geräte des Schullabors nutzen konnte.
Der Pfarrer nickte. »Also gut, ihr habt mich überzeugt. Ich wäre dankbar, wenn ihr mir helfen könnt.«
»Das machen wir sehr gerne!« Kim zog einen Stift aus der Tasche und schlug das Detektivheft auf. »Am besten, Sie erzählen uns alles von Anfang an.«
Antonio Delgado holte tief Luft. Dann sagte er mit Grabesstimme: »Ich bin wahrscheinlich daran schuld, dass die Reliquie unseres Heiligen San Julián de Cuenca verschwunden ist.«
Marie und Franzi sahen den Pfarrer verständnislos an. Marie räusperte sich. »Entschuldigung, bitte, *was* ist verschwunden?«
Kim sah von ihrem Notizbuch auf. »Eine Reliquie! Ein Teil von … Also, sag bloß, du weißt nicht, was das ist?!«
Marie machte große Augen. »Nein, das weiß ich nicht. Was meinst du mit Teil von …?«

»Ein Körperteil von einem Toten. Ein kleines Knochenstück, ein Zahn, der Schädel …«
»Wie bitte?!« Franzi riss die Augen auf.
»Es gibt allerdings auch Ganzkörperreliquien, dann wurde der Tote komplett einbalsamiert. So ähnlich wie bei den ägyptischen Mumien«, sagte Kim. »Das habe ich gestern im Reiseführer gelesen. In Madrid gibt es ein Museum, in dem Hunderte von Reliquien aufbewahrt werden.«
Franzi schüttelte ungläubig den Kopf.
»Vielleicht sollte ich das etwas genauer erklären«, beeilte sich Antonio Delgado zu sagen. Der Pfarrer tupfte sich die Stirn mit einem weißen Stofftaschentuch ab. »Eine Reliquie ist tatsächlich oftmals ein Körperteil, das von einem besonderen Menschen stammt, einem Heiligen beispielsweise. Aber es gibt natürlich auch andere Gegenstände, die verehrt werden. Zum Beispiel Tücher, Nägel oder Holzspäne, die die Person berührt hat. Auf jeden Fall werden die Knochenteile oder Dinge zur Erinnerung aufbewahrt.«
Delgado steckte das Taschentuch wieder in die Hosentasche. »Die Reliquie hat eine große Bedeutung in der katholischen Religion: Sie erinnert an den Verstorbenen, der den Menschen ein Vorbild sein soll. Diesen Brauch gibt es schon sehr lange.«
»Verstehe«, sagte Marie, obwohl ihr diese Sache immer noch nicht ganz geheuer war. »Und solch eine Reliquie ist nun gestohlen worden? Wer macht denn so etwas?!«
»Leider kommt das in der letzten Zeit immer häufiger vor. Es gibt einen schwunghaften Schwarzhandel mit mittelalterlichen Kunstgegenständen. Und dazu zählen auch die Kap-

seln, in denen Reliquien aufbewahrt werden.« Der Pfarrer zwinkerte nervös. »Die Behältnisse sind meist aus Gold und obendrein mit wertvollen Edelsteinen besetzt. Sammler zahlen hohe Summen dafür.« Er fuhr sich durch die Haare. »Das Schlimme ist, dass ich selbst die vergoldete Kapsel ungesichert auf meinem Schreibtisch liegengelassen habe. Nur durch meine Unachtsamkeit ist jetzt der kleine Finger von San Julián verschwunden, womöglich gestohlen worden!« Der Pfarrer zog sein Taschentuch wieder hervor und tupfte sich erneut die Stirn ab.
Kim schrieb hastig mit. Dann sah sie von ihrem Heft auf. »Warum haben Sie die Kapsel denn auf Ihrem Schreibtisch liegen gehabt? Ich dachte, diese Reliquien werden in der Kirche oder im Museum ausgestellt?«
Der Pfarrer seufzte. »Richtig. Die Kapseln sind normalerweise in einen sogenannten Reliquienschrein eingefügt – eine Art Ständer zu Präsentation.« Der Pfarrer stand auf und zog einen Katalog aus dem Bücherregal hinter sich. Er schlug eine Seite auf. »Hier ist eine Abbildung des Schreins von San Julián.«
Die drei !!! beugten sich über die Seite. Ein goldener Rahmen in Sonnenform war zu sehen, der reich mit glitzernden Steinen verziert und auf einen ebenfalls goldglänzenden, gedrechselten Ständer montiert war.
»Der ist aber schön!«, sagte Marie. »Und das in der Mitte, diese kleine Schatulle aus Gold mit den Tausenden von winzigen blauen Steinen, ist die Reliquienkapsel, richtig?«
Der Pfarrer nickte. »Genau.« Er schob das Buch zur Seite. »Der Schrein war zur Restaurierung in einer Madrider Werk-

statt und wurde am Freitag wieder geliefert. Ich hatte die Kapsel im Tresor gelagert, aber bereits herausgeholt, weil ich sie wieder in den Schrein einfügen wollte. Alles sollte rechtzeitig zur Karwoche fertig sein. Dann finden hier viele Prozessionen statt und die Kirchgänger schauen sich die Reliquie in unserer Kathedrale an.« Der Pfarrer seufzte. »Ich bin irgendwie abgelenkt worden und habe die Kapsel auf dem Tisch liegengelassen. Als ich wieder zurückkam, war sie nicht mehr da! Ich habe überall gesucht. Ich habe den kompletten Schreibtisch abgeräumt, jeden Stapel umgedreht, jeden Stift angefasst, sogar auf dem Boden bin ich herumgekrochen und habe den Läufer ausgeschüttelt. Dabei habe ich nur das Tuch gefunden, auf dem ich die Kapsel abgelegt hatte.« Wieder tupfte sich Delgado die Stirn ab. »Aber die Reliquie blieb verschwunden. Es ist mir so ungeheuer peinlich und ich möchte ungern gleich die Polizei einschalten. Deshalb …«

»Deshalb werden wir für Sie ermitteln!«, sagte Kim.

Der Pfarrer lehnte sich erleichtert zurück. »Ich danke euch.«

»Leider wird es unmöglich sein noch Fingerabdrücke oder andere Spuren zu sichern«, bemerkte Kim. »Ich fürchte, Sie haben bei Ihrer Suche alles mit Ihren eigenen Fingerabdrücken überdeckt.«

Der Pfarrer wurde blass. »Das auch noch.« Er schüttelte den Kopf. »Daran habe ich nicht gedacht. Das werde ich mir nie verzeihen!«

Kim nickte Antonio Delgado beruhigend zu. »Es ist doch verständlich, dass Sie in Ihrer Aufregung darauf nicht geachtet haben. Außerdem dachten Sie ja, dass Sie die Schatulle nur verlegt haben, und nicht, dass sie gestohlen wurde. Aber machen Sie sich keine Sorgen. Wir werden den Fall auch unter erschwerten Bedingungen lösen. Da bin ich ganz sicher.«

Der Pfarrer nickte erleichtert. »Das ist gut.«

»Ich schlage vor, dass wir gleich ein detailliertes Protokoll anfertigen«, sagte Kim. »Haben Sie jetzt Zeit?«

»Selbstverständlich«, antwortete Antonio Delgado sofort. »Was wollt ihr wissen?«

»Am besten erzählen Sie uns zunächst alles zur Reliquie, was Ihnen wichtig erscheint.« Kim schlug eine neue Seite in ihrem Detektivheft auf.

Franzi rutschte plötzlich nervös auf ihrem Stuhl hin und her. Sie sah verstohlen auf ihr Handy. »Schon eine Stunde«, murmelte sie erschrocken.

Kim und Marie sahen sie erstaunt an. Dann begriff Kim, was los war. »Willst du vielleicht schon mal zu Felipe vorgehen?«, sagte sie. »Marie und ich können die Befragung hier auch zu zweit machen. Wir kommen dann in einer Stunde nach. Und heute Abend werten wir unsere Notizen gemeinsam aus.«

Marie nickte. »Ja, mach das! Wir schaffen das schon allein.«

Franzi zögerte. Schon wieder war sie hin- und hergerissen. Sollte sie sich tatsächlich an diesem wichtigen Punkt der Ermittlungsarbeit ausklinken? Es war ein ungeschriebenes Gesetz des Detektivclubs, dass ein Fall allen anderen Dingen voranging. Aber Felipe würde schon in ein paar Stunden wieder zurück nach Madrid fahren. Sie hatten so wenig Zeit! Franzis Herz zog sich zusammen. Und als Marie ihr noch

einmal ermunternd zuzwinkerte, traf sie die Entscheidung.
»Gut, dann gehe ich jetzt zu Felipe«, rief Franzi und sprang auf. Sie verabschiedete sich vom Pfarrer und umarmte Kim und Marie. »Danke! Ihr habt was gut bei mir!«
Mit federnden Schritten lief sie aus dem Büro.

Die schwarze Frau

Auf dem Weg zum Café musste Franzi plötzlich wieder an Gordi denken. Nachdem sie sich mit Felipe am Abend zuvor ausgesprochen hatte, war sie eigentlich beruhigt gewesen. Er hatte ihr geschworen, dass er nur sie liebte und immer lieben würde. Gordi war einfach eine sehr gute alte Freundin, mit der ihn die Vergangenheit verband. Franzi aber war die Gegenwart und die Zukunft. Franzi hatte ihm geglaubt. Jetzt aber beschlich sie wieder dieses komische Gefühl. Zwei lange Wochen würde Felipe bei Gordi und ihrer Mutter wohnen. Was würde Felipe in dieser Zeit alles mit seiner alten Schulfreundin erleben und unternehmen? Franzi verdrängte den Gedanken sofort wieder. Sie wollte mit dieser blöden, neuen Eifersucht nichts zu tun haben.

Felipe winkte schon von weitem. Vor ihm stand ein Teller mit gebratenen Fleischbällchen. »Wo bleibst du denn?«, rief er. »Ich wollte gerade nachsehen, ob der Pfarrer euch entführt hat.« Er deutete auf den Teller. »Die *albóndigas* sind schon ganz kalt.«

Franzi zog einen Stuhl neben Felipe und setzte sich. Sie gab ihm einen Kuss auf die Wange. »Es tut mir leid, dass es länger gedauert hat. Aber wir haben tatsächlich einen neuen Fall.« Franzi pikte ein Bällchen mit einem Holzspieß auf und biss ein Stückchen ab. »Hm, kalt schmecken die auch sehr lecker«, nuschelte sie.

Felipe rückte etwas von Franzi ab. »Ich bin extra mit nach Cuenca gefahren, damit wir noch ein bisschen Zeit miteinander verbringen können. Und jetzt lässt du mich ewig warten!« Er nahm sich ein Fleischklößchen und ließ es in einem Stück im Mund verschwinden. Missmutig kaute er.

»Und ich bin extra früher gegangen!« Franzi legte den Holzspieß auf dem Tisch ab und verschränkte die Arme vor der Brust. »Kim und Marie sind noch bei Antonio Delgado und nehmen das Protokoll auf. Und zwar ohne mich. Das ist noch nie vorgekommen!«

Felipe nickte bedächtig. Es schien ihm langsam klar zu werden, was das bedeutete. Dann begann er zu lächeln. »Lass uns die Zeit nicht mit Streiten vergeuden. Wollen wir zum Fluss runtergehen?«

Franzi lächelte nun ebenfalls wieder. »Eine gute Idee!«

Felipe winkte dem Kellner und zahlte. Hand in Hand machten sie sich auf den Weg.

Zwischen zwei Häusern spannte sich ein Torbogen, unter dem eine lang gezogene Steintreppe begann. Sie schlängelte sich inmitten dicht belaubter Hecken und Bäume hinunter zum Flussufer. »Im Sommer ist das ein toller Platz«, sagte Felipe. »Man kann es hier sogar bei Temperaturen um die vierzig Grad locker aushalten.«

»Ich kann mir gar nicht vorstellen, dass es in Cuenca so warm wird.« Franzi betrachtete fröstelnd die Büsche, deren Blätter schwer von Regentropfen nach unten hingen. Ihre Augen gewöhnten sich nur langsam an das Dämmerlicht, das trotz der frühen Nachmittagsstunde unter dem dichten Blätterdach der Bäume herrschte. Das Moos auf den Treppenstufen war feucht und glitschig. Sie mussten höllisch aufpassen, dass sie nicht ausrutschten. Auf halbem Weg gab ei-

ne Lücke im Gebüsch den Blick auf den Fluss und eine steile Felswand dahinter frei. Felipe stutzte. »Das gibt's doch nicht! Wo ist die Insel denn hin?«
Franzi sah auf den schnell fließenden, schlammigen Strom, über dem Nebelfetzen hingen. »Das Wasser steht sehr hoch«, stellte sie fest. »Vielleicht ist sie überspült worden und liegt unter dem Wasserspiegel?«
»So wird es sein.« Felipe zuckte mit den Schultern. »Schade. Wir müssen unbedingt im Sommer noch mal herkommen.«
In diesem Moment nahm Franzi aus dem Augenwinkel eine Bewegung wahr. Unweit von ihnen, in zehn, fünfzehn Metern Höhe, hatte sich an einer Felsspalte etwas bewegt. Ein Schatten. Langes schwarzes Haar, das im Wind flatterte?
»Da ist jemand in der Felsspalte«, rief Franzi. »Dort oben!«
Felipe drehte sich um und sah nach oben. Er kniff die Augen zusammen. »Ich kann nichts sehen.«
»Jetzt ist sie verschwunden. Aber ich könnte schwören, dass da eine Gestalt war! Mit schwarzen Haaren.« Franzi formte ihre Hände vor dem Mund zu einem Trichter und rief: »Hallo! Hallo, ist da jemand?«
Niemand reagierte. Sie beobachteten noch eine Weile den Spalt, aber nichts tat sich. Felipe pustete sich eine Locke aus der Stirn. »Wahrscheinlich hast du die Schatten der Büsche gesehen, die vom Wind bewegt werden. Oder es war eine Ginsterkatze. Davon gibt es viele hier in der Gegend.«
»Ich weiß nicht.« Franzi lief zum Fuß der Felsformation. Sie sah hinauf. »Es sind keine Seile und Haken daran befestigt.«
Franzi überlegte. Sie kam zu dem Schluss, dass selbst sie, als geübte Kletterin, in diese Felswand ohne Steighilfen niemals

hineinkam. »Das kann tatsächlich kein Mensch schaffen.«
Franzi zuckte mit den Schultern. »Wahrscheinlich war es doch eine Wildkatze.«
»Oder ein Yeti«, schlug Felipe grinsend vor.
»Blödmann.« Franzi boxte ihm gegen die Schulter.
Felipe ließ einen gespielten Schmerzensschrei los und nahm Reißaus. Er lief ein Stück die Treppe rauf und rief aus sicherer Entfernung: »Ganz bestimmt war er das. Jetzt habt ihr noch einen Fall: *Die drei !!! und das spanische Schneemonster!* Haha!« Er sprintete weiter. Franzi nahm kichernd die Verfolgung auf. Sie holte ihren Freund erst oben am Steinbogen an der *Piazza* ein. Bevor sie sich mit einer Kitzelattacke auf ihn stürzen konnte, nahm Felipe sie einfach fest in die Arme und drückte ihr einen zarten Kuss auf die Lippen. Franzi schmiegte sich an ihn und genoss die wohlige Wärme, die ihren Körper durchströmte. Als sie beim Café ankamen, warteten Kim und Marie schon. Sie hatten zwei Gläser Cola und eine dampfende Schüssel goldgelb frittierter Kartoffelschnitze vor sich.
»Ihr habt also schon *patatas bravas* entdeckt«, stellte Felipe fest, als sie sich setzten. Er grinste. »Besser als Pommes, oder?«
Kim nickte und biss von ihrer Kartoffel ab. »Schmeckt hervorragend«, nuschelte sie zufrieden.
Felipe orderte beim Kellner eine weitere Portion, dazu Fleischbällchen und gebackene Paprikaschoten.
Franzi sah sehnsüchtig auf das Detektivheft, das neben Kim auf dem Tisch lag. Sie hätte gerne sofort erfahren, was der Pfarrer erzählt hatte. Gab es womöglich schon einen Verdächtigen? Aber sie musste sich bis zum Abend gedulden.

Ein weiteres ungeschriebenes Gesetz des Detektivclubs war nämlich, dass keine weiteren Personen, außer den drei Detektivinnen, Informationen zu einem Fall haben durften. Das galt auch für Felipe, so leid es Franzi tat …

Nach dem Essen machten sie sich zu einem Verdauungsspaziergang auf. Felipe wollte ihnen die schönsten Ecken der Altstadt zeigen.

Gleich hinter der Kathedrale begann ein Labyrinth aus schmalen Gassen und steingepflasterten Wegen, die zwischen den eng aneinandergebauten uralten Häusern durchführten. Treppenaufgänge wechselten sich mit tunnelartigen Durchgängen ab. Dazwischen gaben kleine Plätze und Mauerdurchbrüche den Blick frei auf die spektakuläre Schlucht und eine riesige Klosteranlage, die auf einem Plateau in der Mitte thronte.

Nach einer halben Stunde hatten sie einen besonders schmalen Durchgang zwischen zwei Häusern erreicht. An dem einen Haus befand sich auf Augenhöhe ein kleines vergittertes Fenster. Daneben waren ein Kreuz mit einer Jesusfigur und eine Tafel mit einer Inschrift angebracht. Mehrere rote Kerzen brannten in einem schmiedeeisernen Regal unter dem Fenster. Felipe blieb stehen.

»Was ist das denn?«, fragte Marie. »Es sieht ziemlich unheimlich aus. Wie auf einem Friedhof.«

»Das ist der *Cristo del Pasadizo*«, sagte Felipe mit leiser Stimme. »›Der Gang mit dem Kreuz‹. Auf der Tafel wird die Geschichte von Inés und Alfonso erzählt, die sich hier zugetragen hat. Eine sehr alte und traurige Geschichte. Soll ich sie euch erzählen?«

Die drei !!! nickten und Felipe begann zu erzählen: »Vor vielen Jahren lebte hier Inés, eine schöne junge Frau, die aus einer sehr reichen Familie stammte. Sie verliebte sich in einen schönen jungen, aber armen Mann: Alfonso. Die beiden trafen sich immer hinter Inés' Haus, hier an diesem Platz. Sie wollten heiraten. Aber ihre Eltern waren dagegen, weil ihnen Alfonso zu arm war. Der junge Mann zog enttäuscht und wütend in den Krieg. Davor schwor sich das Paar aber noch ewige Treue. Nach zwei Jahren kam Alfonso als reicher Mann mit vielen Ehrenauszeichnungen aus dem Krieg zurück. Er wollte Inés überraschen und kam hierher. Als er ihren Namen rief, öffnete sie das Fenster und entschuldigte sich bei ihm: Sie hatte nicht durchgehalten. Sie hatte in der Zwischenzeit einen anderen Mann geheiratet! Alfonso war völlig fertig. Ausgerechnet in diesem Moment kam der Ehemann nach Hause. Rasend vor Eifersucht stürzte sich Alfonso auf ihn. Die beiden kämpften miteinander und Alfonso wurde dabei getötet. Als der Ehemann merkte, dass er einen Menschen umgebracht hatte, wollte er fliehen.«
Felipe machte eine Pause. Die drei Mädchen sahen ihn gespannt an. »Und? Was ist dann passiert?«, wollte Franzi atemlos wissen.
»Bei seiner Flucht stolperte der Ehemann über diese Brüstung hier.« Felipe deutete auf einen Mauervorsprung. »Er stürzte in die Tiefe und brach sich das Genick.«
Franzi schluckte.
»Nachdem Inés festgestellt hatte, dass beide Männer tot waren, zog sie sich erschüttert ins Kloster zurück.« Felipe deutete in Richtung des Felsplateaus in der Schlucht. »Dort im

Kloster ist sie nach einem langen Leben, das sie nur noch Gott gewidmet hat, gestorben.«
Franzi war etwas blass um die Nase. »Was Eifersucht alles anrichten kann«, murmelte sie.
Kim und Marie nickten nachdenklich.
Felipe legte den Arm um Franzi. »Hey, es ist doch nur eine Geschichte.«
»Aber eine ziemlich grausame«, sagte Franzi.
Felipe zog sie von der Hauswand weg und hielt ihre Hand fest in seiner. Er lief ein Stück weiter zu einer kleinen Mauer, in die eine Steinbank eingelassen war. »Von hier kann man die Klosteranlage besonders gut sehen. In ihr ist seit ein paar Jahren übrigens ein Fünf-Sterne-Hotel untergebracht.« Kim und Marie folgten langsam. Felipe grinste Marie an. »Es ist das Hotel, in dem das spanische Prinzenpaar übernachtet hat.«
»Und das sagst du erst jetzt?!« Marie war sofort Feuer und Flamme. »Ihr müsst unbedingt ein Foto von mir mit dem berühmten Kloster-Hotel im Hintergrund machen!« Sie zog ihr Smartphone aus der Tasche und drückte es Franzi in die Hand. »Hier.« Marie brachte sich in Positur. »Warte.« Sie löste den bunten Seidenschal aus ihrem Pferdeschwanz und wuschelte sich durchs Haar. Das Tuch ließ sie dekorativ hinter sich herflattern. »Gut so?«
»Schöner Schal«, stellte Franzi fest. »Aber du verdeckst damit das Kloster.«
Marie grinste und hielt das Tuch tiefer. Franzi schoss eine Serie.
»Und jetzt ihr!« Marie ließ sich von Franzi das Smartphone

geben und dirigierte ihre Freunde zu einem alten Brunnen, der in eine mannshohen Mauernische eingelassen war. Getrocknetes Laub und Äste lagen in dem verwitterten Steinbecken. Eine schmale Rinne führte aus der Wand heraus. Alles war von üppigem Weinlaub umrankt.

»Das ist doch ein schöner Hintergrund«, stellte Marie fest.

Lachend positionierten sich Kim, Franzi und Felipe vor dem Brunnen. »Lächeln bitte!« Marie drückte ab. »Und weiterlächeln!« Sie zoomte auf Franzi und Felipe, die um die Wette strahlten. »Rückt mal näher zusammen«, rief sie.

Franzi kuschelte sich dicht an Felipe. Er legte seinen Arm um sie. Marie sah konzentriert auf das Display und suchte weiter die passende Einstellung. Plötzlich hielt sie inne. Sie starrte auf ihr Handy und wurde blass. »Das, das … gibt's doch nicht!«, stotterte sie und ließ die Hand, in der sie das Smartphone hielt, sinken. »Da ist etwas hinter euch!«, schrie sie und lief auf ihre Freunde zu.

Kim, Franzi und Felipe warfen sich verständnislose Blicke zu. Kim sah über ihre Schulter. »Was sollte da sein?«

»Ich habe im Zoom ein Gesicht gesehen«, sagte Marie tonlos. Sie deutete zum dichten Weinlaub, das die Wand in der Brunnennische bedeckte. »Hier mittendrin. Ein gespenstisches Frauengesicht mit wirren, langen schwarzen Haaren.«

»Bist du dir sicher?«, fragte Kim. Sie ging auf die Nische zu. »Ich sehe nichts. Außerdem ist da eine Wand. Wie sollte hier plötzlich ein Mensch stehen können?«

»Ich spreche ja auch nicht von einem Menschen …« Marie rieb sich fröstelnd die Arme. Sie klickte die Fotos auf ihrem Handy durch. »Mist. Ich habe die Erscheinung nicht erwischt. Sie muss genau in dem Moment verschwunden sein, als ich abgedrückt habe.«

»Eine *Erscheinung*?«, wiederholte Franzi ungläubig. »Du meinst, dir ist eben ein Gespenst begegnet?« Dann musste sie grinsen. Wann würde ihre Freundin jemals aufhören an Geister, Untote und andere übersinnliche Phänomene zu glauben?!

»Genau den Verdacht habe ich.« Marie machte ein ernstes Gesicht. »Vielleicht war die schwarze Frau der Geist von Inés, der hier nicht zur Ruhe kommt!«

Franzi und Felipe blieb der Mund offen stehen. Kim räusperte sich. »Marie, das glaubst du jetzt nicht im Ernst, oder? Es gibt keine Geister, wie oft muss man dir das noch sagen!«

Marie biss sich auf die Lippen und schwieg.

Franzi strich ihr über den Arm. »Du hast wahrscheinlich eine Sonnenspiegelung gesehen.« Sie stieg in das Becken in der Nische und betrachtete die Weinranken. »Da ist absolut gar nichts.« Franzi klopfte die Blätter ab. »Siehst du – alles nur Grünzeug und dahinter eine Wand. Oha! …« Das dichte Blattwerk gab plötzlich nach. Sie verlor das Gleichgewicht und stürzte kopfüber in eine dunkle Öffnung, die von den Weinranken verborgen worden war.

Mit einem dumpfen Aufprall landete Franzi auf sandigem Boden. Sie rappelte sich auf und sah verwirrt um sich. Nachdem sich ihre Augen an das Dämmerlicht gewöhnt hatten, erkannte sie, dass sie sich in einem schmalen, überdachten Gang befand. Er führte leicht bergan. Er musste am anderen Ende offen sein, aus ungefähr zehn Metern Entfernung

drang Tageslicht zu ihr. Im Boden verlief eine etwa dreißig Zentimeter breite und ebenso tiefe Furche.
»Ein Geheimgang«, murmelte Franzi erstaunt.
»Nein, das ist das alte Bewässerungssystem von Cuenca«, hörte sie plötzlich Felipe sagen. Er hatte seinen Kopf vorsichtig durch die Weinranken gesteckt. Daneben tauchten nun Maries und Kims verwunderte Gesichter auf. Die drei kletterten zu Franzi in den Gang.
Felipe sprach weiter: »Onkel Miguel hat mir erzählt, dass Cuenca berühmt dafür ist, dass es schon sehr früh ein ausgeklügeltes System hatte, mit dem die ganze Stadt an öffentlichen Brunnen mit Wasser versorgt wurde. Es wurde durch in Stein gehauene Kanäle und Röhren von den Quellen in den Bergen nach unten geführt. Natürlich braucht man diese alten Brunnen heutzutage nicht mehr. Das Wasser wird jetzt mit modernen Leitungen direkt vom Stausee in die Stadt gepumpt.«
Sie liefen einige Schritte weiter und stellten fest, dass es mehrere Schächte gab, die von der Hauptleitung abzweigten.
»Wahrscheinlich wurden die Häuser der reichen Leuten direkt mit Wasser versorgt, so dass sie nicht zu den Brunnen laufen mussten«, mutmaßte Felipe.
Franzi sah in einen abzweigenden Gang hinein. Es war stockdunkel. »Schade, dass wir die Taschenlampen nicht dabeihaben«, sagte sie bedauernd. »Ich hätte Lust auf einen Abstecher gehabt.«
»Den können wir später immer noch machen«, antwortete Kim. »Ich bin dafür, dass wir jetzt erst mal untersuchen, wo dieser Gang hinführt.« Sie deutete auf den sandigen Boden.

»Hier sind deutliche Fußspuren zu sehen. Marie hat vorhin also keinen Geist gesehen, sondern einen höchst lebendigen Menschen, der hier entlanggelaufen ist.«
Franzi betrachtete die Spuren. »Aber was hat diese Person hier zu suchen gehabt?«
Kim machte ein paar Schritte weiter in den Gang. »Wenn wir uns beeilen, können wir sie das vielleicht persönlich fragen!«
Franzi schüttelte den Kopf. »Sie hat doch einen viel zu großen Vorsprung. Die ist schon längst über alle Berge.«
»Oder sie befindet sich in einem der Nebenschächte und überfällt uns, wenn wir dran vorbeilaufen«, unkte Marie.
Kim zuckte kurz zusammen. »An diese Möglichkeit habe ich gar nicht gedacht!«
»Ach was, wenn sie das gewollt hätte, hätte sie uns vorhin prima in den Rücken fallen können«, sagte Franzi mit fester Stimme. Vorsichtshalber lief sie am nächsten dunklen Schacht aber etwas schneller vorbei.
Marie eilte hinterher. »Vielleicht war es doch der Geist von Inés, der uns um Hilfe bitten wollte …«
Franzi verdrehte die Augen »Mann, Marie! Jetzt hör aber auf!«
Kim und Felipe grinsten nur und liefen schweigend weiter.
Sie kamen ans Ende des Tunnels. Als sie wieder im Freien standen, stellten sie fest, dass sich der Ausstieg ebenfalls hinter einer dichten Weinrankenschicht befand, die die hintere Wand eines in eine Mauer eingelassenen Brunnens bedeckte.
Vorsichtig sahen sie sich um. Alles war vollkommen ruhig.
»Es wäre aber auch sehr erstaunlich, wenn die Frau hier auf uns gewartet hätte«, sagte Felipe. Er klopfte sich den Staub

aus seiner Jeans. »Bestimmt war sie einfach neugierig und hat sich in dieses alte Tunnelsystem verirrt. Als sie plötzlich auf uns getroffen ist, hat sie sich davongemacht, weil es ihr peinlich war.«
»So könnte es gewesen sein.« Franzi kratzte sich an der Nase. »Könnte aber auch nicht ... Wir werden das in den nächsten Tagen weiter verfolgen.«
Marie und Kim nickten sofort.
Plötzlich entdeckte Felipe ein Schild, das an einem Balkon befestigt war. »›*Se vende*‹«, las er vor. »Das Haus ist zu verkaufen.« Er schüttelte den Kopf. »Immer mehr Leute wollen nicht mehr in der Altstadt leben, weil die Gebäude so verwinkelt und alt sind und die Reparaturen so teuer. Sie ziehen lieber in die Neustadt in eine Hochhauswohnung mit Tiefgaragenplatz.«
»Schade«, sagte Franzi. »Es ist so schön und geheimnisvoll. Ich würde gerne hier wohnen.«
»Ich auch!«, stimmte Marie ihr zu. Sie lief zur Seite und betrachtete ein verschnörkeltes Gitter. Dahinter verdeckte eine Holzplatte die Eingangstür. Eine Kette mit einem großen Vorhängeschloss hielt die beiden Flügel des Gittertors zusammen. »Schade, dass man nicht hineingehen kann.« Sie versuchte durch ein verstaubtes Fenster ins Innere zu sehen. »Irgendwie ist das ein magischer Ort. So friedlich und ...«
Etwas knirschte. Marie hob den Kopf. Eine Zehntelsekunde später ertönte ein dumpfer Knall. Kiesel spritzten zur Seite und eine Staubwolke stieg auf. Kim stieß einen gellenden Schrei aus: »Um Gottes willen – Marie!« Sie rannte mit Franzi und Felipe gleichzeitig los.

Sehr verdächtig

Marie antwortete nicht. Sie stand stocksteif da und war unter Schock, das war ihr deutlich anzumerken. Franzi und Felipe fassten ihr schnell unter die Arme und gemeinsam stolperten sie aus der Gefahrenzone. Aus sicherer Entfernung betrachteten sie das armdicke Holzstück, das auf dem Boden lag. Zwei Meter neben der Stelle, an der Marie gestanden hatte.

Kim wischte sich über die schweißnasse Stirn. »Das ist noch mal gut gegangen!«

Marie nickte stumm. Sie sah zu Boden. Ihr Blick blieb an ihren Füßen hängen. »Oh, verdammt!«, rief sie.

»Hast du dich verletzt?«, erkundigte sich Kim besorgt. »Ist was mit deinen Füßen?«

»Ja! Sieh dir das doch mal an!« Marie zog den linken Sneaker aus und hielt ihn Kim vor die Nase. »Das sind Designer-Schuhe! Aus Italien! Und jetzt: völlig zerkratzt, verdreckt, mit Loch!« Marie schnaufte verärgert. »Die kann ich ja wohl nur noch wegschmeißen!«

Kim atmete ebenso erleichtert wie amüsiert aus. »Ach so, nur deine Schuhe.«

»Nur?! …« Bevor Marie weitersprechen konnte, mischte sich Franzi ein. »Jetzt krieg dich mal wieder ein!«, zischte sie. »Besser ein Loch im Schuh als im Kopf oder Schlimmeres!«

Marie senkte den Blick. »Sorry, du hast ja Recht.« Sie pustete sich eine Haarsträhne aus dem Gesicht und stotterte: »Ich …

ich bin immer noch ziemlich durcheinander ...« Sie schlüpfte wieder in den Schuh und sah Franzi schweigend an.
»Ich kann dich ja verstehen!« Franzi biss sich auf die Lippen. »Wie konnte das bloß passieren?«, sagte sie schließlich. Sie sah Felipe an. »Sind die Häuser schon so baufällig, dass sich Teile einfach lösen und runterfallen?«
Felipe zuckte mit den Schultern. »Ich weiß es nicht. Aber ich kann es mir nicht vorstellen. In den letzten Jahren wurde hier so viel renoviert und erneuert.«
Franzi nickte. »Ich sehe mal nach«, sagte sie und lief zu dem Haus zurück.
»Sei bloß vorsichtig!«, rief ihr Felipe nach.
»Klar!«, antwortete Franzi. Langsam näherte sie sich der Stelle, an der das Holzstück lag. Sie nahm es auf und betrachtete es mit gerunzelter Stirn. Das Holz war dunkel, morsch und wurmstichig. Franzi sah zur Balkonbrüstung nach oben. Von hier konnte das Geschoss nicht stammen, die Balustrade war viel heller. Vorsichtig ging sie zum seitlichen Eingang und daran vorbei. Dabei hielt sie sich eng an der Wand. Ihr Blick fiel auf die groben Steinquader der hohen Mauer, die das gegenüberliegende Haus umschloss. Beherzt kletterte Franzi daran hoch, indem sie die breiten Fugen als Kletterhilfe nutzte. Schnell erreichte sie den oberen Rand, schwang ein Bein rüber und blieb rittlings sitzen. Verwundert sah sie sich um. Franzi stutzte. Sie war auf einer Dachterrasse gelandet!
Die Tür und die Fenster, die zur Terrasse führten, waren mit Brettern verbarrikadiert. Das Haus schien ebenfalls nicht bewohnt zu sein. Trotzdem musste Franzi vorsichtig sein!

Schnell ließ sie sich auf den Boden rollen und blieb in geduckter Haltung sitzen. Sie stieß mit dem Ellbogen gegen etwas Hartes und Kantiges. Es war unter einer Plane verdeckt. Franzi hob vorsichtig einen Zipfel hoch – und riss die Augen auf.

Detektivtagebuch von Kim Jülich
Sonntag, 21:30 Uhr
Kaum sind wir in Cuenca angekommen, schon haben wir alle Hände voll zu tun. Und zwar nicht mit Spanischlernen – sondern mit Detektivarbeit! Und das auch noch in mehreren Fällen:
1. Das Attentat
Marie wäre beinahe von einem großen Holzstück getroffen worden, das von einer Dachterrasse heruntergefallen ist! Glücklicherweise ist nichts passiert. Es stellt sich die Frage, ob jemand nachgeholfen hat (und wenn, dann vor allem: WARUM?!?) oder ob ein unglücklicher Zufall zu der gefährlichen Situation geführt hat. Franzi hat auf der Terrasse unter einer Plane einen großen Stapel mit alten Balken entdeckt. Sie sahen genauso aus wie das Holzstück, das uns so erschreckt hat. Eigentlich ist es fast unmöglich, dass der Balken von alleine über die Brüstung gerutscht ist. Aber der Gedanke, dass jemand hinter uns herläuft und Sachen auf uns wirft, ist einfach zu gruselig …
Wir werden den Tatort in jedem Fall in den nächsten Tagen noch einmal besichtigen.
2. Die Frau im Brunnen
Außerdem hatten wir eine merkwürdige Begegnung: Wie aus

dem Nichts tauchte eine Frau hinter uns auf, als wir Fotos von uns gemacht haben, und ist blitzschnell wieder verschwunden. Als wir der Sache nachgegangen sind, haben wir einen Gang entdeckt, der zum alten Wasserversorgungsnetz von Cuenca gehört. Was hatte die Frau dort zu suchen? Felipe tippte darauf, dass sie sich einfach verlaufen hat. Vielleicht war es so. Vielleicht aber auch nicht! Die Frau könnte auch das Holzstück auf uns geworfen haben, nachdem sie gemerkt hat, dass wir ihr gefolgt sind. Aber warum sollte sie so etwas tun? Wer ist diese Frau?!
Die drei !!! werden die Sache im Auge behalten!
3. Die verschwundene Reliquie
Wir wurden gleich bei unserer Ankunft überraschend mit diesem Fall beauftragt und werden ab morgen mit Hochdruck ermitteln. Unser Auftraggeber ist der Pfarrer Antonio Delgado. Ich übernehme im Folgenden die wichtigsten Punkte aus meinem handschriftlichen Protokoll von heute Nachmittag:
Am Samstag, 8:00 Uhr, stellte A. Delgado fest, dass eine goldene, mit blauen Edelsteinen geschmückte Kapsel, die ein Knochenstück des kleinen Fingers von San Julián de Cuenca (dem Schutzpatron von Cuenca und ehemaligem Bischof, der im Jahr 1208 gestorben ist) enthält, verschwunden ist. Die Reliquie muss im Zeitraum von Freitagnachmittag bis Samstagmorgen vom Schreibtisch im Büro des Pfarrers entwendet worden sein. Er hatte die Kapsel dort liegen, weil er sie in den Reliquienschrein einfügen wollte, der frisch restauriert aus Madrid eingetroffen war. Durch einen Besuch am Freitagnachmittag wurde Señor Delgado jedoch abgelenkt: Eine Architekturstudentin aus Berlin, Monika Sales, tauchte völlig überraschend auf. Sie bat ihn um Kopien von alten Stadtplänen von Cuenca, die in der

Kirchen-Bibliothek archiviert sind. Augenblicklich benötigte die Studentin die Pläne für eine Hausarbeit über alte Städte aus dem 12. Jahrhundert. Antonio Delgado zeigte ihr den Weg in die Bibliothek und zum Kopierer. Auf dem Rückweg traf er auf den Vertreter einer Bruderschaft, der mit ihm etwas wegen der bevorstehenden Karwochen-Prozession besprechen wollte. Dazu gingen die Männer in ein nahe gelegenes Restaurant. Als der Pfarrer die Reliquie am nächsten Morgen in den Schrein einfügen wollte, war sie verschwunden! Antonio Delgado möchte zunächst keine Anzeige bei der Polizei erstatten. Er hofft, dass wir den Fall diskret lösen können und seine Gemeinde die peinliche Angelegenheit nicht mitbekommt. Er wird erzählen, dass es irgendwelche Komplikationen gibt und man leider noch eine Woche länger auf den Reliquienschrein warten muss. So lange haben wir Zeit die Schatulle zu finden. Sollte es uns bis dahin nicht gelungen sein, wird der Pfarrer die Polizei einschalten. Leider wurden bei der hektischen Suche des Pfarrers alle womöglich vorhandenen Fingerabdrücke und Spuren des Täters vernichtet. Das erschwert die Ermittlungen.

Sehr verdächtig erschien uns der überraschende Besuch der Studentin. Hat sie womöglich den Pfarrer mit ihrer Anfrage nur abgelenkt und in einem unbeobachteten Moment die Reliquie an sich gebracht?

Außer ihr hätten noch der Küster und die Putzfrau das Gebäude, in dem das Büro des Pfarrers liegt, betreten können. Beide besitzen einen Schlüssel. Aber für beide würde der Pfarrer seine Hand ins Feuer legen. Der Küster ist seit drei Tagen in Madrid und hilft seinem Bruder beim Umzug, wie wir durch einen Anruf erfahren haben. Den Schlüssel hat er bei sich. Die

Putzfrau, Señora Lupina, eine rüstige Rentnerin, beschrieb der Pfarrer als überaus vertrauenswürdige Person. Sie arbeitet schon seit über zehn Jahren für ihn und verdient sich etwas zu ihrer schmalen Rente dazu. Wir haben uns beide Personen zur Sicherheit, trotz Protest des Pfarrers, als Verdächtige notiert. Wir konzentrieren uns jedoch als Erstes auf die Studentin. Sehr praktisch ist, dass sie in einem Spanischkurs eingeschrieben ist und auch in der Sprachschule wohnt. Unser weiteres Vorgehen wird sein:

1. Tatortuntersuchung im Büro des Pfarrers am Montagnachmittag. Wir wollen uns noch einmal gründlich umsehen – zusammen mit Franzi. Gerade, weil schon viele Spuren vernichtet sein dürften, brauchen wir jedes Augenpaar mehr.

2. Monika Sales überwachen und mehr zu ihrer Person herausfinden. Personenbeschreibung laut Antonio Delgado: ca. 20 Jahre alt, schlank, sportlich, lange dunkle Haare, Brille mit auffälligem rotem Gestell.

3. Den Ort des Holzstück-Anschlags erneut untersuchen.

4. Wenn noch Zeit bleibt: Der seltsamen Frau aus dem Brunnen auf die Spur kommen.

Es gibt viel zu tun!!!

Geheimes Tagebuch von Kim Jülich
Sonntag, 22:45 Uhr

Wie immer: 💣☠ für alle, die hier lesen und nicht Kim Jülich heißen!!!

Der Abschied von Franzi und Felipe heute Abend am Bahnhof war herzzerreißend. Am Zug wollten sie sich gar nicht mehr loslassen und der Schaffner musste drei Mal pfeifen, bevor Felipe die Tür freigemacht hat. Die beiden haben sich den Tag in Cuenca, glaube ich, etwas anders vorgestellt. Und sie mussten sich noch zehntausend Mal sagen, dass sie sich liebten, weil sie sich das heute irgendwie nicht richtig zeigen konnten. Ganz schön anstrengend!

Franzi war vorhin, als Marie und ich ihr von dem Gespräch mit dem Pfarrer erzählt haben, ziemlich abwesend. Sie hat versucht sich nichts anmerken zu lassen – aber das ist ihr nicht wirklich gelungen. Ich kann sie absolut verstehen. Ich vermisse Michi auch tierisch. Aber ich habe vorhin, als ich meine Reisetasche endlich ganz ausgepackt habe, ein kleines Päckchen gefunden. Von Michi!!! Er muss es am Abend vor meiner Abreise hineingeschmuggelt haben. Es ist eine kleine rote Schachtel in Herzform, an der ein kleiner roter Briefumschlag klebt. Michi wünscht mir (verfrühte) frohe Ostern und viel Spaß und Erfolg mit dem ›selbst gemachten Geschenk‹. Mit dem Satz »Aber das Leuchten deiner Augen ist immer noch tausendmal schöner!« endet sein süßer Brief. Als ich die beiden Päckchen aus dem roten Seidenpapier ausgewickelt hatte, bin ich vor Freude fast an die Decke gehüpft: Michi hat tatsächlich extra für mich UV-Leuchtfarbe im Labor hergestellt! Und dazu eine kleine Schwarzlichtlampe besorgt, die man am Schlüsselring tragen kann. WAHNSINN!!! Die Farbe ist in eine handliche Sprühflasche abgefüllt. Ich musste sie vorhin gleich ausprobieren. Auf meiner Hand leuchtet jetzt unter dem Licht der UV-Lampe ein kleines blaues Herz. WUNDERSCHÖN!

Michi!!! Ich liebe dich!!! Das habe ich ihm natürlich auch gleich vorhin in meiner SMS geschrieben, als ich mich bei ihm für das wuuuuuuunderschöne Geschenk bedankt habe.

Ich will unbedingt etwas Schönes für Michi finden, das ich ihm aus Cuenca mitbringen kann.
Aber jetzt muss ich dringend ins Bett. Sonst stehe ich die nächsten Tage nicht durch. Die werden nämlich anstrengend. Morgen früh beginnt unser Spanischkurs und gleich danach heißt es: Ermitteln, ermitteln, ermitteln!!!

Live!

Der Frühstückssaal war von fröhlichem Stimmengewirr, Tellerklappern und Besteckklirren erfüllt. Die drei !!! fanden einen freien Vierertisch und setzten sich.

»Habt ihr Monika Sales schon gesehen?«, flüsterte Marie. Sie blickte sich unauffällig um.

»Es sitzen mindestens fünfzig Mädchen mit langen dunklen Haaren im Saal«, sagte Kim leise. »Von hinten könnte jede als zwanzigjährige Studentin durchgehen. Ich fürchte, wir müssen Inma fragen, in welchem Kurs sie ist, damit wir sie abpassen können.«

»Mist«, rief Marie. »Du hast Recht. Warum haben wir da vorhin nicht schon dran gedacht!«

»Vielleicht, weil sie uns überrascht hat und wir nicht ausgeschlafen waren«, antwortete Franzi mürrisch.

Inma hatte die drei !!! am Morgen vom Zimmer abgeholt und ihnen den Weg zum Frühstückssaal gezeigt. Wahrscheinlich wollte sie sie ein bisschen bemuttern. Jedenfalls hatte sie ihnen mit ein paar Brocken Englisch zu verstehen gegeben, dass sie jederzeit zu ihr kommen konnten, wenn es Probleme geben sollte oder sie sich einsam fühlten. Sie seien ja schließlich ganz alleine, also ohne Schulklasse und Lehrer da. Marie hatte glücklicherweise sofort geschaltet: Sie hatte sich sehr herzlich bedankt – aber versichert, dass alles ganz wunderbar war und sie absolut hervorragend alleine zurechtkamen. Inma hatte daraufhin erleichtert gelächelt und ihnen einen schönen Tag gewünscht. Dann war sie wieder in ihr

Büro geeilt. Franzi war darüber sehr froh. Auch wenn sie es nett gefunden hatte, dass Imma sich so um sie kümmerte. Aber sie wollte unbedingt alleine mit ihren beiden Freundinnen sein. Denn sie musste dringend etwas mit ihnen besprechen. Sie musste endlich die brennenden Fragen aussprechen, die sie die halbe Nacht wach gehalten hatten!
Franzi biss ein winziges Stück von ihrem Toast ab und kaute gedankenverloren. Sie schluckte. Schließlich sagte sie: »Ich frage mich, warum mir Felipe früher nie von Go…, von Mercedes-Maxima erzählt hat.« Sie legte das angebissene Toastbrot zurück auf den Teller. »Er hat die ganze Zeit Kontakt mit ihr, sie mailen, sie simsen, sie telefonieren. Warum hat er mir das nie gesagt? Ich meine, wenn sie ein wichtiger Mensch für ihn ist, weil sie und ihre Familie ihm in der Vergangenheit geholfen haben, dann kann man darüber doch reden, oder? Es sei denn …« Franzi ließ den Satz unvollendet. Sie starrte in ihren Teebecher.
Kim und Marie seufzten gleichzeitig. »Mann!«, rief Kim. »Es gibt kein ›Es sei denn‹. Felipe ist nicht heimlich in Gordi verliebt! Er liebt nur dich. Das sieht doch ein Blinder mit Krückstock. Glaub mir!«
Franzi reagierte nicht. Marie fasste sie am Arm und schüttelte sie leicht. »Du steigerst dich in etwas hinein, das völlig an den Haaren herbeigezogen ist. Was ist denn mit dir los? So kenne ich dich ja gar nicht.«
»Ja, ich weiß. Ich kenne mich ja selbst nicht mehr«, gab Franzi zu. »Aber was soll ich denn machen?«
»Aufhören dauernd zu grübeln! Aufhören Felipe alle zwei Stunden eine SMS zu schicken und nervös zu werden, wenn

er nach zwei Minuten noch nicht geantwortet hat!« Marie strich energisch Frischkäse auf ihren Toast. »Dass er dir überhaupt noch antwortet, zeigt doch, wie sehr er dich liebt.« Sie nahm das Brot auf, vergaß aber vor lauter Eifer hineinzubeißen. »Hör auf damit. Lass dich ablenken. Es gibt so viel zu tun: unsere Ermittlungen, der Spanischkurs, Sport machen! Joggen hier in dieser Gegend …«, sie machte eine ausholende Bewegung in Richtung der großen Fenster, »wird fantastisch sein! – Ups!« Erschrocken sah Marie zur Seite. Ihr Arm war an einen rothaarigen, vielleicht fünfzehnjährigen Jungen gestoßen. Der stand jetzt da und sah mit verdutztem Gesichtsausdruck an sich herunter: Maries Toastbrot klebte in Brusthöhe auf seinem T-Shirt!

Kim prustete los. Auch Franzi fing nun an schallend zu lachen. Marie stieg eine zarte Röte ins Gesicht.

»Treffer«, sagte der Junge. Dann grinste er. »Zugegeben, das Shirt ist be…scheiden. Aber so krass hat noch niemand drauf reagiert.« Er pflückte die Brotscheibe vom Stoff. Eine dünne Schicht Frischkäse blieb haften. Darunter schimmerten hellrote Buchstaben durch: *Spende Blut – spiel Rugby.*

Jetzt musste auch Marie lachen. Der Junge legte den Toast auf einen leeren Teller und nahm sich eine Serviette vom Tisch. Nachdem er sein T-Shirt notdürftig gesäubert hatte, sagte er: »Ich bin übrigens Liam!«

»Hi, Liam!«, brachte Marie zwischen zwei Lachsalven hervor. »Entschuldige bitte! Es tut mir wirklich leid!« Sie atmete tief durch und wischte sich eine Lachträne von der Wange.

»Schon gut, kein Problem«, antwortete der Junge grinsend. »Es war ja kein Fleischspieß.«

Sofort mussten die Mädchen wieder loskichern. Marie tupfte sich mit einem Taschentuch die verwischte Wimperntusche ab. »Ich bin übrigens Marie«, sagte sie, »und das sind meine Freundinnen Kim und Franzi.«
Liam lächelte in die Runde. »Nett euch kennenzulernen! Ihr seid neu hier, stimmt's? In welchem Kurs seid ihr denn?«
Bevor die drei !!! antworten konnten, erklang eine Stimme hinter Liam: »Was ist denn hier los, Leute? Party schon so früh am Morgen?« Ein muskulöser Junge mit halblangen dunkelblonden Haaren legte Liam einen Arm um die Schulter. »Ich dachte, ich seh mal nach dir«, sagte er grinsend. »Du brauchst ziemlich lange, um eine Kanne Kakao zu holen!«
»Mir ist ein Frischkäsetoast dazwischengekommen.«
»Hä?! Na ja, auch egal. Aber willst du mich der lustigen Runde hier nicht vorstellen?«
»Klar!« Liam boxte dem Jungen in die Seite und deutete mit dem Daumen auf ihn. »Das ist Jesko, mein bester Kumpel. Jesko: Das sind Marie, Kim und Franzi.«
Jeskos Augen blitzten freundlich. »Freut mich sehr!«
»Uns auch!«, rief Marie und schenkte dem gut aussehenden Jungen ein strahlendes Lächeln.

Wie sich eine halbe Stunde später herausstellte, waren Liam und Jesko zusammen mit den drei !!! in der Anfängerstufe des Spanischkurses. Sie hatten zwar schon seit einem Jahr Spanischunterricht an ihrer Schule, waren aber so schlecht, dass sie hier in Cuenca ihre Lücken aufbessern sollten. Ihre Mitschüler waren alle in Kursen für Fortgeschrittene angemeldet. »Aber *wir* haben den Spaß!«, sagte Liam. Er hatte sich sofort rechts von Marie hingesetzt, während Jesko links von ihr Platz genommen hatte. »Der Lehrer ist echt in Ordnung«, erzählte er jetzt. »Und außer uns gibt es noch zwei weitere Leute aus den Parallelklassen, die auf Anfängerstufe zurückgesetzt wurden.« Er winkte zwei Jungen in der letzten Reihe zu, die Kaugummi kauend in Comic-Heften lasen. »Hey, Darko und Manuel!« Die Jungen sahen kurz hoch, winkten zurück und beugten sich wieder über ihre Comics. »Die nehmen den Unterricht auch nicht so ernst«, meinte Jesko.

Außer den beiden, Jesko und Liam saßen zwei Mädchen und ein weiterer Junge im Klassenzimmer. Sie lasen und schrieben in den Heften, die sie vor sich hatten.

»Seid ihr auch hergeschickt worden, um Stoff nachzuholen?«, wollte Liam von Franzi wissen.

»Nein. Wir sind freiwillig hier!«, antwortete sie.

Jesko machte ein erstauntes Gesicht. »Echt? Genau wie die anderen da.« Er zeigte mit dem Kinn auf die zwei Mädchen und den Jungen. »Die wollen Spanisch lernen, weil sie mit ihren Eltern nach Südamerika gehen. Schon cool. Ist das bei euch auch so?«

Franzi schüttelte den Kopf. In diesem Moment betrat der Lehrer den Raum. Sie murmelte: »Ich erklär es dir nachher.«

»*¡Hola, chicas y chicos!*«, rief der hochgewachsene, schlanke junge Mann gut gelaunt. Franzi bekam rote Wangen, sie sah ihre Freundinnen an. Die hoben die Daumen. Das hatten sie alle drei jedenfalls schon mal verstanden – »Hallo, Mädels und Jungs!« Felipes Oma begrüßte sie oft so, wenn sie zusammen mit den Jungen ins *Yucatán* kamen.

»*¡Hola, Federico!*«, antwortete die Gruppe.
Daraufhin folgte eine spanische Wortkaskade. Die drei !!! starrten den Lehrer mit offenen Mündern an. Franzi wollte sich gerade melden, um ihn darauf aufmerksam zu machen, dass das Niveau dieses Kurses zu hoch für sie drei war. Da fing der Mann an zu lachen. »Keine Sorge, ich spreche nicht die ganze Zeit Spanisch«, erklärte er. »Ich mache das nur am Anfang und am Ende der Stunde, damit ihr den Klang mitbekommt!« Er lächelte Franzi zu. »Mit der Zeit werdet ihr verstehen, was ich sage. Es ist jedes Mal das Gleiche.«
Franzi nickte erleichtert. Federico teilte je einen Stapel Kopien an sie, Kim und Marie aus. »Ihr seid also echte Anfänger und sprecht noch kein Wort Spanisch, richtig?«
Die Mädchen nickten. Kim grinste. »Außer: *patatas bravas, churros con chocolate* und *albó…*, Mist, wie hießen die Fleischbällchen noch mal?«
Federico lachte laut auf. »Nicht schlecht. Das Wichtigste ist immer, dass man für die Ernährung sorgen kann.« Er ging zur Tafel. »Es sind übrigens *albóndigas*«, sagte er zu Kim gewandt. Dann nahm er einen Schreiber aus der Ablage unter der Tafel. »Wir haben die erste Lektion schon letzte Woche beendet. Aber ich schlage vor, dass wir alles noch einmal wiederholen, damit unsere neuen Schülerinnen einen guten Einstieg haben. Ist das für alle in Ordnung?«
Die anderen stimmten einhellig zu.
»Vielleicht kapiere ich dann endlich mal was«, raunte Jesko Marie zu.
Plötzlich ging die Tür auf und eine weitere Teilnehmerin des Kurses huschte auf ihren Platz in der zweiten Reihe. Sie ent-

schuldigte sich für die Verspätung, legte ihre Unterlagen und ein Brillenetui auf den Tisch und schlang schnell ihre zerzausten dunklen Haare zu einem Knoten.
»Guten Morgen, Monika!«, sagte Federico. »Du hast Glück, wir haben noch nicht richtig angefangen.«
Die junge Frau nickte und setzte eine Brille mit rotem Gestell auf.
Die drei !!! warfen sich einen vielsagenden Blick zu: lange dunkle Haare, rote Brille! Das konnte kein Zufall sein. Es war kaum zu glauben, die verdächtige Studentin namens Monika war tatsächlich in ihrem Kurs! Das würde die Ermittlungen erheblich vereinfachen.
Die eineinhalb Stunden Unterricht vergingen wie im Flug. Während Federico sich auf Spanisch verabschiedete, sagte Marie leise zu Franzi: »Wenn das so weitergeht, verstehen wir ihn spätestens in einer Woche spielend.«
Franzi packte ihre Stifte zusammen. »Das wäre toll. Trotzdem bin ich froh, dass wir nur diese eine Unterrichtseinheit am Vormittag haben. Mehr würde mich total fertigmachen.«
»Ihr Glücklichen«, sagte Liam, der ihre letzten Worte mitgehört hatte. »Jesko und ich müssen heute Nachmittag noch zur Landeskunde und Grammatik. Jetzt gehen wir aber erst mal was auf der *Plaza Mayor* essen. Habt ihr Lust mitzukommen?«
»Klar, warum nicht. Gute Idee!« Marie warf ihre Haare zurück und schulterte ihren Matchbeutel.
Liam sah Monika an. »Bist du auch wieder dabei?«
Die junge Frau packte gerade ihre Sachen in eine große rote Umhängetasche. »Klar!«, sagte sie und lächelte.

Franzi fand, dass sie sympathisch aussah. Aber aus alter Detektiverfahrung wusste sie, dass das rein gar nichts bedeutete. Die drei !!! hatten schon so viele Menschen, die auf den ersten Blick nett erschienen waren, als Täter überführt …

Die Tische vor *Jovi's Place* waren gut besetzt. Sie fanden nur noch einen, an dem fünf Stühle frei waren. Zwei nette Frauen, die einen Kinderwagen mit einem schlafenden kleinen Jungen neben sich stehen hatten, halfen ihnen mit einem Stuhl von ihrem Tisch aus. Kim bedankte sich mit einem perfekt ausgesprochenen *¡Muchas gracias!*.

Jesko und Liam nahmen sofort wieder rechts und links von Marie Platz, wie Franzi amüsiert feststellte. Die Jungen sprachen eifrig auf Marie ein. Sie genoss diese doppelte Aufmerksamkeit offensichtlich sehr. Beiläufig löste sie die große goldene Spange aus ihrem Pferdeschwanz und legte sie auf dem Tisch ab. Sie schüttelte ihr glänzendes offenes Haar und beantwortete dabei entspannt die Fragen der Jungen.

Kim und Franzi hatten bereits auf dem Weg zum Café eine Unterhaltung mit Monika begonnen. Sie hatte ihnen erzählt, dass sie in Berlin Architektur studierte und später unbedingt im Ausland arbeiten wollte. Sie lernte Spanisch, um ihre Chancen zu erhöhen. Das waren genau die Informationen, die sie auch dem Pfarrer gegeben hatte. Erzählte sie tatsächlich die Wahrheit? Franzis Eindruck war jedenfalls, dass die Studentin nett und offen war. Fast bedauerte sie es jetzt, dass sie die junge Frau weiterhin als Verdächtige behandeln mussten.

Plötzlich klingelte ein Telefon. Monika zog ein Smartphone

aus der Hosentasche. Nach einem Blick auf das Display entschuldigte sie sich. »Bin in zehn Minuten wieder da!«, sagte sie hastig und zerrte ihre Tasche von der Stuhllehne.
Franzi beobachtete, wie die Studentin mit angespannter Miene kurz in ihr Handy sprach und es wieder wegsteckte. Mit großen Schritten lief sie in Richtung des kleinen Platzes, der der *Plaza Mayor* vorgelagert war. Dazwischen verlief die alte Stadtmauer, die durch einen großen Torbogen unterbrochen wurde. Die drei !!! warfen sich einen alarmierten Blick zu. Das hier war gerade ein erster wichtiger Schritt in ihren Ermittlungen. Sie mussten Monika verfolgen und herausfinden, mit wem sie sich traf oder was sie machte! Franzi überlegte fieberhaft. Gleich würde Monika durch das Tor laufen und ihrem Blick entzogen sein. Sie konnten aber nicht einfach aufspringen und hinter ihr herlaufen. Das wäre viel zu auffällig gewesen. Womöglich würden sie ihr direkt hinter der Stadtmauer in die Arme laufen. Kim stupste Franzi an. »Ich habe eine Idee!«, sagte sie leise. »Auf dem Platz ist doch auch die Webcam vom Touristikbüro der Stadt Cuenca installiert!«
Franzi verstand sofort, was Kim vorhatte. Sie hielt ihren Daumen hoch.
»Marie, kann ich mal kurz dein iPad haben«, fragte Kim so belanglos wie möglich. Auch Marie schien sofort zu ahnen, was Kim vorhatte. Sie schob das Gerät über den Tisch. Liam und Jesko unterhielten sich gerade mit zwei Klassenkameraden, die zufällig vorbeigekommen waren. Sie bekamen von der Aktion nichts mit.
In diesem Moment verschwand Monika durch das Tor. Fie-

berhaft fuhr Kim den Computer hoch und rief die Seite auf. Franzi rückte näher an sie heran. »Hier, der Button ›*Anteplaza*‹, schnell«, flüsterte sie aufgeregt. Eine Sekunde später hatten sie den Livestream auf dem Schirm. Jetzt, um die Mittagszeit, war auf dem kleinen Platz alles voller Autos und eilender Menschen, die in ihrer Pause einkauften oder zur *Plaza Mayor* zum Essen wollten. Das Ganze sah aus wie ein Wimmelbild. Wo war Monika? Franzi wollte schon resigniert den Blick abwenden, als ihr in der linken unteren Ecke eine Person mit langen Haaren auffiel, die eine riesige Tasche über die Schulter gehängt hatte. Im gleichen Moment tippte Kim auf die Stelle. »Da ist sie!«

»Ja!« Franzi wippte nervös mit dem Fuß. »Neben ihr steht ein Mann«, flüsterte sie. »Sie unterhalten sich.« Sie sah kurz zu Marie rüber, die die vier Jungen mit irgendeiner Geschichte zum Lachen brachte. Beruhigt wandte Franzi sich wieder dem iPad zu. Aber Monika war verschwunden.

»Der Mann hat ihr gerade eine Jutetasche übergeben«, sagte Kim. »Monika hat sie in ihre Tasche gestopft und ist sofort wieder losgelaufen.«

»Und da kommt sie auch schon«, raunte Franzi. »Sie ist bereits durch den Torbogen durch.«

Kim ließ das Tablet gerade in ihrem Rucksack verschwinden, als sich die Studentin mit leicht fahrigen Bewegungen wieder an den Tisch setzte. Sie stellte ihre Tasche neben sich ab. »Entschuldigt bitte. Das war meine Schwester, sie kann sich nie kurzfassen!«

Kim zog unmerklich eine Augenbraue hoch und nahm einen Schluck von ihrer Mandelmilch. Franzi zwang sich zu einem

Lächeln. »Das kenne ich gut, meine Schwester kommt auch immer vom Hundertsten ins Tausendste, echt nervig.« Das war, ganz im Gegensatz zu Monikas Aussage, auch noch nicht einmal gelogen. Franzis sechzehnjährige Schwester Chrissie kaute ihr tatsächlich öfter ein Ohr ab.

Ein vielstimmiges Lachen unterbrach Franzis Gedanken. Sie hörte Marie halb vorwurfsvoll, halb belustigt sagen: »He! Was machst du denn da?«

Nerven wie Drahtseile

Marie hatte zu dem kleinen Jungen im Buggy vom Nachbartisch gesprochen. Er hing mit zerzausten Locken etwas schief in seinem Fußsack und kaute glücklich auf einem glänzenden Gegenstand herum. Dabei betrachtete er Marie aufmerksam aus großen dunkelblauen Augen.

»Er hat meine Haarspange vom Tisch gemopst«, murmelte Marie. Man sah ihr an, dass sie ziemlich verunsichert war. »Was soll ich denn jetzt machen?«

Kim grinste. »Du kannst jetzt für später üben. Wenn deine kleine Schwester oder dein kleiner Bruder mal da ist!«

Franzi fiel in diesem Moment auf, dass Marie schon länger nicht darüber gesprochen hatte: Diesen Sommer würde ihre Patchworkfamilie Zuwachs bekommen. Tessa, die Lebensgefährtin von Maries Vater, erwartete ein Baby. Bald war Marie zweifache älteste Schwester. Franzi nahm sich vor, sie in einer ruhigen Minute darauf anzusprechen, wie es ihr gerade damit erging. Vor einigen Wochen noch war Marie nämlich hin- und hergerissen zwischen der Freude über ein süßes Geschwisterbaby und der Sorge, dass sie bald nicht mehr die Hauptrolle bei ihrem Vater spielen würde.

Marie betrachtete den kleinen Jungen nachdenklich. »So ein süßer Kerl«, sagte sie schließlich. »Aber dass er meine teure Haarspange vollsabbert, ist echt das Allerletzte!« Sie wandte sich an Jesko: »Jetzt helft mir doch mal!«

Der Junge hob die Hände. »Da geh ich nicht dran!«

»Ich auch nicht. Nie im Leben«, sagte Liam. »Der schreit

alles zusammen, wenn du ihm sein Spielzeug wegnimmst. Schreib die Haarklammer lieber ab.«
»Besten Dank für eure Hilfe!«, sagte Marie spitz.
In der Zwischenzeit hatte die Mutter des Jungen mitbekommen, was los war. Sie lächelte Marie entschuldigend zu. Dann lenkte sie ihr Kind geschickt mit einem Löffel voll Karamellpudding ab und griff blitzschnell zu, als es seine Faust um die Haarspange lockerte. Die Jungen, Monika und die drei !!! sahen fasziniert zu. Mit verzücktem Gesicht schob der kleine Junge den Pudding im Mund hin und her. Die Spange hatte er vergessen.
»Sauber abgezockt«, stellte Jesko fest. »So sind Frauen eben.«
Liam nickte bedächtig. »Das hätte aber auch schiefgehen können. Ich meine, wenn der die Haarklammer nicht losgelassen hätte und sie noch mal in den Mund … also, so mit dem Pudding zusammen …«
»Mein lieber Schwan, die hätte dann aber sch…lecht ausgesehen«, ergänzte Jesko.
»Idioten!« Marie schüttelte sich vor Ekel.
Die Mutter wischte die Haarspange sorgfältig mit einer Serviette ab und gab sie Marie zurück. Sie nahm sie mit spitzen Fingern und ließ sie in eine Seitentasche ihres Matchbeutels fallen. Die Frau sprach auf Spanisch auf sie ein. Marie schüttelte den Kopf und lächelte hilflos. Da sprang überraschend einer der Mitschüler von Jesko und Liam ein. »Sie sagt, dass es ihr total peinlich ist«, übersetzte er. »Ihr Sohn Gonzalo ist in der letzten Zeit verrückt nach allem, was glänzt. Sie nennt ihn schon ›kleine Elster‹ …«
Jesko nickte anerkennend. »Nicht schlecht, Robert.«

Robert winkte ab. »War nur so ungefähr übersetzt.«
»Das war total super, vielen Dank«, rief Marie. »Kannst du ihr bitte sagen, dass das alles kein Problem und ihre ›kleine Elster‹ total süß ist?«
Die Frau strahlte, als der Junge ihr Maries Worte übersetzt hatte.
Dann sah er auf seine Armbanduhr. »Oh, wir müssen los. Landeskunde fängt in zehn Minuten an.«
Jesko und Liam seufzten und riefen den Kellner, um zu bezahlen. Als Monika ihren Geldbeutel aus der Tasche holte, sah sie kurz irritiert drein. Sie stopfte etwas hektisch in die Tasche zurück und warf Kim einen Seitenblick zu.
»Hey, kommt ihr heute Abend zu unserer Klassendisco?«, fragte Liam beim Aufstehen. »Im Gemeinschaftsraum. Ab acht Uhr.«
»Mal sehen!«, sagte Marie. »Wenn wir nicht anderes vorhaben, gerne.« Sie warf dem Jungen eine Kusshand zu.
Er tat so, als würde er tatsächlich etwas aus der Luft fangen. Verzückt auf seine Hand starrend überquerte Liam den Platz.
»Irgendwie ist er ja schon süß«, sagte Marie.
Kim zog die Augenbrauen hoch. Sie rückte unbehaglich auf ihrem Stuhl herum. »Leute, lasst uns jetzt bitte nicht über Jungs reden. Wir müssen in einer halben Stunde beim Pfarrer sein und …«
»Eben!«, unterbrach Franzi sie. »Deshalb haben wir doch noch etwas Zeit, um dieses auch sehr wichtige Thema zu besprechen!« Sie sah verstohlen auf ihr Handy, das sie fest in der Hand hielt.

Kim strich die Serviette glatt, die vor ihr auf dem Tisch lag. »Franzi, wir können später ganz lange über Felipe – und für dich, Marie: auch über andere Jungs – reden. Aber wir müssen bald zum Pfarrer und ich möchte vorher eine kurze Besprechung zum Stand unserer Ermittlungen abhalten.«

Franzi seufzte. »Wenn du meinst.« Sie starrte auf ihr Handy.

Marie schaltete etwas schneller in den Detektivmodus um als ihre Freundin. Sie nickte plötzlich heftig. »Was habt ihr vorhin eigentlich über die Live-Cam beobachtet? Wo ist Monika denn hingegangen?«

Kim erzählte in kurzen Worten von ihrer Beobachtung.

»Lügen kann Monika Sales also schon mal ziemlich gut«, stellte Marie fest. »Ich hatte ihr das mit ihrer Schwester sofort abgekauft.« Sie verschränkte die Arme vor der Brust. »Jetzt müssen wir nur noch herausbekommen, was in der Tasche war, die ihr der Mann gegeben hat.«

»Das wird verdammt schwer werden«, sagte Franzi und steckte ihr Handy weg.

Kim wendete die Serviette und glättete sie weiter. »Ich kann euch verraten, was in dem Jutebeutel war.«

Marie und Franzi rissen die Augen auf.

»Ich habe nämlich vorhin Monikas Tasche durchsucht.«

Marie schüttelte ungläubig den Kopf. »Wie hast du das denn gemacht?«

»Diese Puddingnummer vorhin hat nicht nur den Kleinen abgelenkt«, deutete Kim an. »Alle waren so damit beschäftigt, dass keiner gesehen hat, wie ich die Tasche zu mir hergezogen habe. Der Jutebeutel ist fast von allein rausgerutscht. Und mit ihm eine Mappe.«

»Du hast Nerven wie Drahtseile«, sagte Franzi bewundernd. »Und? Was war in der Mappe drin?«
»Ein Stapel Unterlagen und Fotos. Allerdings konnte ich nur das oberste Blatt und einen Teil des zweiten sehen.« Kim zupfte an der Serviette. »Es waren Fotos: von einer wertvoll aussehenden Figur aus Gold oder so obendrauf und darunter von einem Ölgemälde. Von dem Gemälde konnte ich nur einen Ausschnitt und ein Stück des Rahmens erkennen. Aber ganz unten standen ein paar Angaben. Wahrscheinlich zum Titel des Bilds und dem Maler. Ich habe sie notiert.« Kim schob die Serviette in die Tischmitte. »Wenn ihr mich fragt, dann ist Monika Sales eine Diebin, die Kunstgegenstände auf dem Schwarzmarkt verkauft. Der Mann, der ihr die Mappe übergeben hat, ist bestimmt ein reicher Auftraggeber, für den sie die abgebildeten Kunstwerke beschafft.«
Franzi und Marie waren für einen Moment sprachlos. Marie fasste sich als Erste wieder. »Dann hat Monika garantiert auch die wertvolle Reliquie für diesen Mann gestohlen! War denn auch ein Foto von der Kapsel dabei?«
Kim schüttelte den Kopf. »Das weiß ich nicht, ich konnte ja nicht die gesamten Unterlagen untersuchen. Ich habe nur das hier.« Kim tippte auf die Serviette.
Franzi und Marie beugten sich vor. Auf dem Papier waren große, eilig hingeworfene Krakel zu sehen.
»Hm«, machte Marie. »Das kann ich echt nicht entziffern.«
Kim sah beleidigt drein. »Entschuldige, aber ich hatte nicht viel Zeit und musste auf meinem Knie unter dem Tisch schreiben. Und diese spanischen Wörter mit den komischen Strichen über manchen Buchstaben sind echt kompliziert.«

Marie hob beschwichtigend die Arme. »So habe ich das doch nicht gemeint! Du hast einen super Job gemacht, ehrlich.« Sie schüttelte den Kopf. »Ich kann das nur beim besten Willen nicht lesen. Du etwa?«
»Ja, klar. Der Titel des Bildes lautet »›Hech…‹, ähm, die nächsten Buchstaben kann ich leider nicht mehr lesen, und dann ›…Flamenco‹.« Kim seufzte. »Der Maler heißt jedenfalls Tonio Auras. Dann war da noch eine Jahreszahl: 1968.«
»Das ist doch perfekt«, rief Franzi. »Wir können die Stichworte im Internet abfragen. Dabei kommt bestimmt etwas heraus, das uns weiterbringt.«
»Ja, das ist eine gute Idee, lass uns das gleich nach der Tatortbesichtigung machen.« Kim wuschelte sich durch die kurzen braunen Haare. »Ich habe das Gefühl, dass ich diese Worte schon mal irgendwo gesehen habe«, murmelte sie. »Aber ich komme einfach nicht drauf, wo.« Sie winkte dem Kellner. »Jetzt gehen wir erst mal zu unserem Termin mit Antonio Delgado.«

»Ich habe auch wirklich nichts mehr angefasst!«, rief der Pfarrer gleich bei der Begrüßung.
Kim nickte. »Das ist gut«, sagte sie etwas lahm. Sie warf ihren Freundinnen einen Blick zu. Viele Spuren würde es sowieso nicht mehr geben.
»Wir untersuchen direkt den Schreibtisch, danach sehen wir uns den Raum insgesamt an«, erklärte Kim dem Pfarrer. »Vielleicht finden wir Faserspuren, Haare oder etwas anderes Auffälliges.«
Delgado nickte beeindruckt.

Die drei !!! machten sich an die Arbeit.
»Wo lag die Reliquienkapsel denn, als Sie sie zum letzten Mal gesehen haben?«, fragte Franzi.
Der Pfarrer überlegte: »Das war hier.« Er sprang auf und lief zur linken Seite des mächtigen Eichenholztischs. »Ich habe die Kapsel aus dem Wandtresor geholt und hier vorne hingelegt.« Delgado zeigte auf einen Stapel mit Hochzeitsurkunden.
Kim zog überrascht die Augenbraue hoch. »Sie haben die Reliquie auf diesen Stapel gelegt?«
»Nein, natürlich nicht, er lag vorher irgendwo anders. Ich habe ihn nur später, als ich überall nach der Kapsel suchte, dorthin verschoben.«
»Darf ich?«, fragte Kim und zeigte auf die Papiere.
»Natürlich.«
Sie hob den Stapel hoch. »Was ist denn das?«, rief sie überrascht.
An der Stelle, die der Urkundenstapel verdeckt hatte, durchzog ein unregelmäßiges Muster aus feinen und hellen Linien die Tischplatte: Kratzspuren.
Der Pfarrer rieb sich verwirrt die Stirn. »Die sind mir noch gar nicht aufgefallen. Ich hatte unter die Kapsel extra ein Tuch gelegt, damit so etwas nicht passiert.« Er wies auf ein kleines Stück Samt, das in einer Schale mit Stiften lag. »Ich habe es auf dem Boden gefunden. Ich hatte euch ja davon erzählt.«
Kim nickte. »Richtig.« Sie notierte sich etwas in ihr Detektivbuch.
Franzi hob vorsichtig weitere Stapel von Papieren und Stif-

tebehälter hoch. Darunter war überall eine makellose hochglanzpolierte Oberfläche zu sehen.
»Ich passe ziemlich auf«, erklärte der Pfarrer. »Der Schreibtisch ist ein altes Erbstück, das mir sehr viel bedeutet.«
»Es sieht so aus, als hätte jemand einen Gegenstand, der scharfe Kanten hat, unvorsichtig über den Tisch gezogen«, sagte Franzi. »Wenn Sie das nicht waren, Señor Delgado …«
»Dann war es der Täter«, vollendete Marie Franzis Satz. »Jemand hat die Reliquienschatulle in höchster Eile über den Tisch gezogen. Wahrscheinlich im Vorbeigehen einfach über die Kante in einen daruntergehaltenen Behälter gewischt.«
»Genau«, sagte Franzi. »Monika Sales könnte das getan haben, kurz bevor sie mit Ihnen, Señor Delgado, das Büro verlassen hat und sie zusammen in die Bibliothek gegangen sind.«
»Sie hatte eine große Tasche dabei!«, murmelte der Pfarrer.
Kim legte den Stift in ihr Notizheft und sagte: »Ich weiß nicht. Etwas kommt mir dabei komisch vor. Wenn jemand schnell und unbeobachtet einen Gegenstand nehmen will, dann zieht er ihn doch nicht erst x-mal vorher auf der Stelle herum, an der er liegt. Und diese Linien verlaufen in einem total chaotischen Zickzack.«
»Da hast du allerdings Recht.« Franzi sah enttäuscht aus. »Aber was bedeuten dann diese Linien?«
Die drei !!! sahen sich ratlos an.

Franzi räusperte sich. »Außerdem frage ich mich gerade, was diese eine Linie an der Decke da zu bedeuten hat. Hinter dir, Kim.«
Überrascht sah Kim nach oben. »Was meinst du?« Sie runzelte die Stirn. »Ich kann nichts sehen.«
»Ich sehe im Deckenverputz eine dünne viertelkreisförmige Einkerbung. Genau in der Ecke.«
Der Pfarrer blickte Franzi erstaunt an. »Du hast aber einen scharfen Blick.«
»Da ist eine Geheimtür in der Holzvertäfelung, richtig?«, fragte Franzi gespannt.
»Ich verstehe nur Bahnhof«, sagte Marie. »Wie kommst du da jetzt drauf?«
Der Pfarrer ging langsam zu der Ecke mit den Holzpaneelen. »Du hast eine ausgesprochen gute Beobachtungsgabe! Diese Schleifspur war mir noch gar nicht aufgefallen.«
Er trat mit dem Fuß auf eine Bodenleiste und drückte gleichzeitig auf eine Holzkassette in Augenhöhe. Es knackte. Dann schwang ein Teil der Verkleidung wie eine Tür auf. Die äußere Kante am oberen Abschluss schrammte etwas an der Decke vorbei.
»Mein persönlicher Geheimgang«, sagte der Pfarrer stolz. »Der ist bis jetzt noch niemandem aufgefallen. Aber vielleicht muss ich den Putz ausbessern lassen und die Türkante abschleifen, damit das auch so bleibt.«
Die drei !!! waren neugierig hinter den Pfarrer getreten.

»Wo führt der Gang denn hin?«, wollte Kim wissen. »Und wofür brauchen Sie einen Geheimgang?«
Antonio Delgado zwinkerte Kim zu. »Den habe ich sozusagen übernommen. Er führt in die Krypta unter der Kathedrale und wieder hinauf. Man kommt in einer hohlen Säule an und gelangt durch eine Wendeltreppe direkt in den Altarraum. Das Gebäude, in dem unsere Pfarrräume heute untergebracht sind, ist im Mittelalter an die Kathedrale angebaut worden. Wahrscheinlich hat man bereits damals diese Verbindung zur Kathedrale geschaffen. Als Fluchtweg in Kriegszeiten. Oder einfach als Abkürzung. Ich weiß es nicht.« Der Pfarrer lächelte verschämt. »Seit ich den Gang zufällig entdeckt habe, nutze ich ihn gerne, wenn ich spät dran bin, um schneller zum Gottesdienst zu kommen.«
Franzi zupfte an einem ihrer Zöpfe. »Wie haben Sie ihn denn entdeckt?«
»Wie gesagt, das war purer Zufall. Ich habe vor vielen Jahren in einem heißen Sommer, als die Fliegenplage so groß war, eines der lästigen Insekten, nun ja, erschlagen. Mit einer gerollten Zeitung.« Antonio Delgado rückte seine Brille zurecht. »Ich traf dabei genau die Kassette, während ich mit dem Fuß auf der Leiste stand. Und da öffnete sich die Tür.«
»Wahnsinn«, rief Marie. »So kann man also auch auf einen Geheimgang stoßen.«
Der Pfarrer nickte. »Das war schon ein großer Zufall. Allerdings dürfte die Chance einen Geheimgang zu entdecken in der Altstadt von Cuenca ziemlich hoch sein.«
Die drei !!! sahen den Pfarrer erstaunt an.
»Warum das denn?«, wollte Kim sofort wissen.

»Dieser Teil von Cuenca ist von einem ganzen System unterirdischer oder verborgener Gänge durchzogen. Angefangen bei den alten Wasserleitungen der Römer und später der Araber ...«

»Da haben wir auch schon einen Teil kennengelernt«, rief Franzi dazwischen. »Hinter einem alten Brunnen ...«

Marie trat Franzi leicht auf den Fuß. »Das ist doch jetzt egal.«

Franzi schwieg beleidigt.

Der Pfarrer erzählte weiter: »Die alten Wassertunnel wurden später ausgebaut und zum Teil als Fluchtgänge genutzt und über die Jahrhunderte kamen immer weitere unterirdische Gänge dazu. Manche führten einfach unter der Straße durch von einem Haus zum anderen, um Wege abzukürzen. In Kriegszeiten kamen dann auch noch Schutztunnel hinzu. Eigentlich hat jedes Haus in der Altstadt einen unterirdischen Stollen und mindestens einen angefangenen Tunnel. Manche Familien züchten heutzutage Champignons darin oder lagern ihren Wein ein.«

»Das ist ja spannend«, rief Kim. »Man läuft hier also wie auf einem völlig durchlöcherten Schweizer Käse herum.«

»Das könnte man so sagen.« Der Pfarrer lächelte. »Und das wirklich Spannende ist: Man nimmt an, dass bislang noch viele Tunnel unentdeckt sind. Die Stadtverwaltung ist erst seit ein paar Jahren dabei alles erforschen und katalogisieren zu lassen.«

»Das ist wirklich sehr interessant!«, sagte Kim. »Weiß übrigens schon jemand etwas von Ihrem Geheimgang hier?«

Der Pfarrer schüttelte den Kopf. »Bisher noch nicht.« Dann

kratzte er sich hinter dem Ohr. »Oder, doch … meinem Bruder und seiner Frau habe ich ihn mal gezeigt. Meine drei Neffen könnten dabei gewesen sein. Ich erinnere mich nicht so genau … vielleicht mit ihren Freundinnen … oder Freunden … oder waren es meine Nichten?«

Kim blieb der Mund offen stehen. Als sie sich wieder gefasst hatte, sagte sie: »Das heißt, dass unter Umständen halb Cuenca von diesem Geheimgang weiß, wenn auch nur einer aus Ihrer Familie jemandem davon erzählt hat.«

»Stimmt«, gab der Pfarrer zu.

»Das wirft einen neuen Aspekt in unserem Fall auf«, stellte Franzi fest. »Es könnte jemand, der von dem Gang wusste, heimlich in Ihr Büro gekommen sein und die Reliquie entwendet haben. In der Zeit, in der Sie gerade mit Monika Sales in der Bibliothek waren. Oder in der Nacht von Freitag auf Samstag.«

Der Pfarrer machte große Augen. »Daran habe ich noch gar nicht gedacht!«

»Wann waren Sie das letzte Mal in dem Gang?«, fragte Kim.

Der Pfarrer überlegte. »Ich glaube, das war am Sonntag vor acht Wochen.«

Franzi wurde unruhig. »Vielleicht ist der Täter auf diesem Weg gekommen. Wir müssen sofort nachsehen, ob es Spuren gibt!«

Kim und Marie stimmten zu.

»Wir müssen unsere Taschenlampen holen«, rief Kim.

Der Pfarrer zog eine Schublade in seinem Schreibtisch auf. Er holte eine große Stablampe heraus. »Hier, mit dieser gehe ich immer, die gibt hervorragendes Licht. Und ich komme natürlich mit. Ich lasse euch doch nicht alleine dort hinunter!«

Die drei !!! sahen sich an. Das hatten sie sich eigentlich anders vorgestellt. Aber der Pfarrer machte einen solch entschlossenen Eindruck, dass sie nicht zu widersprechen wagten. Allerdings schaffte Kim es ihn davon zu überzeugen, dass sie als Erste gingen und er ihnen folgen würde. Die drei Detektivinnen mussten schließlich Spuren erkennen und sichern.

Kim nahm die Lampe und trat in den Geheimgang ein. Die Steinstufen führten steil nach unten. Sie waren staubig und trocken. Je weiter sie in die Tiefe kamen, desto feuchter wurde die Luft und die Stufen waren mit einem dünnen Moosfilm überzogen. »Vorsicht, es wird rutschig«, rief Kim. »Haltet euch an den Wänden fest.« Sie leuchtete voraus. »Wenn hier jemand in den letzten Tagen darübergelaufen wäre, hätte er mit Sicherheit Fußspuren hinterlassen.« Kim ging vorsichtig einige Stufen weiter und ließ den Lichtkegel über die Treppe vor sich wandern. »Da ist nichts.«

Franzi konnte nicht sagen, ob Kims Stimme erleichtert oder enttäuscht klang.

Einige Minuten später erreichten sie ein kleines Gewölbe. Die Luft war wesentlich schlechter als im Treppengang. Es roch schimmelig und von den Wänden tropften kleine Wasserrinnsale. Antonio Delgado blieb stehen. Er sah sich um. »So hat es hier noch nie ausgesehen. Schlimm, dieser Regen in diesem Jahr!« Fassungslos rieb er sich die Stirn. »Kim, leuchte mal hier durch den Durchgang rechts von mir.« Kim ließ den Schein der Taschenlampe über die Wand wandern.

Sie erfasste eine dunkle Öffnung. Drei Stufen führten hinab. Als Kim den Lichtkegel auf den Boden des dahinter liegenden Raums richtete, stieß der Pfarrer einen kurzen Schrei aus. »Die Krypta ist voll Wasser gelaufen! Es steht fast knöcheltief!«
Kim ließ den Strahl wieder höher wandern. Er erfasste zwei kastenförmige Objekte. Marie tastete nach Kims Hand. »Siehst du, was ich sehe?«, flüsterte sie.
Kim zuckte mit den Schultern. »Ich weiß nicht, was du siehst, aber …«
Franzi drängte sich neugierig dazwischen. Sie erkannte zwei große Quader aus Stein, die im Licht der Taschenlampe unheimliche Schatten an die Wand warfen. Sie sagte: »Ich sehe zwei große Steinsärge.«
Marie schrie auf. »Wo haben Sie uns hingeführt? Wir sind in einer Gruft gelandet!«
»Aber das ist doch kein Grund sich so aufzuregen.« Kim legte den Arm um Maries Schulter. »Señor Delgado hat uns gesagt, dass der Weg in die Kathedrale über die *Krypta* führt. Und dort sind nun mal immer uralte Sarkophage zu finden. Steinerne Särge eben. Ich dachte, du wüsstest das.«

Detektivtagebuch von Kim Jülich
Montag, 22:30 Uhr
Heute hat Marie gelernt, was eine Krypta ist. Sie ist dabei fast vor Schreck gestorben. Und dabei hat die ganze Aktion überhaupt nichts gebracht. Wir sind in einen Geheimgang eingestiegen, der das Büro des Pfarrers mit der Kathedrale verbindet, weil wir vermutet haben, dass der Täter hier entlang-

gekommen ist. Es gab aber weder Spuren auf der Treppe noch in der Krypta/Gruft – dort steht nämlich nach den anhaltenden Regenfällen im Frühjahr alles unter Wasser. Selbst wenn tatsächlich jemand da gewesen sein sollte, dann sind alle Spuren weg. Wir konzentrieren uns nun voll auf die Studentin. Zu ihr haben wir sehr interessante Fakten zusammengetragen, die den Verdacht erhärten, dass Monika Sales eine Kunsthehlerin und wahrscheinlich auch Diebin ist! Das wiederum legt nahe, dass sie auch mit dem Verschwinden der Reliquie aus dem Büro des Pfarrers zu tun hat.

Wir haben beobachtet, wie sie von einem Mann Unterlagen überreicht bekommen hat: Fotos und Angaben zu Kunstwerken. Einen Titel von einem Bild konnten wir aus Stichworten, die ich mir gemacht hatte, rekonstruieren: ›Hechizados por el Flamenco‹ des berühmten spanischen Malers Tonio Auras. Wir haben vorhin einen Artikel in einer spanischen Zeitung im Internet gefunden, in dem über dieses Bild berichtet wird. Nachdem das Übersetzungsprogramm drübergelaufen war, bekamen wir folgende Informationen: Das Bild »Im Bann des Flamenco« wurde vor zwei Wochen zusammen mit anderen wertvollen Gemälden und Skulpturen bei einem dreisten Raub aus einer Privatgalerie in einer Villa in Madrid gestohlen! Die Versicherungssumme beträgt alleine für das Bild 1,5 Millionen Euro! Die Polizei nimmt an, dass dieser Raub auf das Konto einer Diebesbande geht, die seit letztem Jahr unterwegs ist und bereits zehnmal zugeschlagen hat. (Jetzt weiß ich übrigens auch, warum mir Titel und Bild sofort irgendwie bekannt vorkamen: Ich habe beides auf einer alten Zeitung gesehen, aus der einer der Jungs in Madrid Fächer gefaltet hat! Ich habe damals schon

gedacht, dass es aufregend wäre, in diesem Fall zu ermitteln. Und jetzt haben wir womöglich tatsächlich damit zu tun! Schon eigenartig, was für Zufälle es gibt!)
Gehört Monika zu der Kunstdiebesbande? Hat sie die Reliquie gestohlen? Wie hängt das alles zusammen?
Und was bedeuten die seltsamen Kratzspuren auf dem Schreibtisch des Pfarrers??
Um in diesem Fall vorwärtszukommen, müssen wir leider eine illegale Maßnahme ergreifen: Wir werden morgen das Zimmer von Monika Sales durchsuchen. Die Zimmernummer haben wir vorhin heimlich im Sekretariat nachgesehen.
Aus Sicherheitsgründen verrate ich keine Details zu unserem Plan. Nur so viel: Dieses Mal wird Franzi eine Aufgabe übernehmen, die bislang immer Maries Part war. Sie übt gerade. Hoffentlich klappt alles!

Geheimes Tagebuch von Kim Jülich
Montag, 23:30 Uhr
Ich wiederhole mich ungern, aber: 💣☠💣☠💣☠💣☠ – für alle, die jetzt nicht sofort aufhören zu lesen!!!
Nach der aufwendigen Internetrecherche sind wir erst mal zu Jovi's Place *rübergelaufen. Wir haben uns ein paar Tapas und zwei große Flaschen Cola einpacken lassen. Dann haben wir hier auf dem Zimmer gegessen. Dabei hat Franzi endlich erzählen können. Sie hat wirklich ein ziemlich großes Problem: Sie hat seit heute Nachmittag keinen Kontakt mehr mit Felipe! Davor haben sie sich ungefähr alle zwei Stunden Nachrichten geschickt. Felipe hat zwischendurch gefragt, ob auch eine SMS am Abend und eine am Morgen reicht, doch daraufhin ist Franzi*

ziemlich sauer geworden. Also hat er weiter geantwortet. Dann hat er gesimst, dass er und Gordi jetzt losgehen, um sich mit den anderen zu treffen. Kurz darauf kam eine zweite SMS, in der stand, dass es ihm »leidtut«. Nur das, sonst nichts! Auf Franzis Frage, was ihm leidtut, hat er nicht mehr geantwortet. Franzi war total verzweifelt und hat versucht ihn anzurufen. Aber sein Handy ist abgeschaltet! Marie hat Franzi geraten, ihm Zeit zu lassen. Sie hat es irgendwie verstanden, dass Felipe sich nicht mehr zu helfen wusste und erst mal untergetaucht ist. Er hat wohl überreagiert und sie ist überzeugt, dass er sich schon morgen wieder melden wird und dann alles in Butter ist. Ich bin nicht ganz so sicher, ich finde die Reaktion von Felipe ziemlich krass. Allerdings ist er auch ein impulsiver Typ und es gab ja schon öfter Situationen, in denen er heftig reagiert hat. Ich drücke Franzi die Daumen, dass Felipe sich morgen wieder meldet und sich die Sache klärt. Warum muss Liebe manchmal so kompliziert sei?

Ich bin so glücklich, dass es mit Michi und mir überhaupt nicht mehr kompliziert ist, sondern schön und leicht und schwebend und, ach, einfach wahnsinnig schön. Wir vermissen uns gerade total, aber es gibt keine Missverständnisse! Seine SMS sind so süß und witzig und liebevoll!!!

Ich bin mit dem liebsten, besten, süßesten Jungen der Welt zusammen!

(Und für den muss ich nun endlich mal ein Geschenk hier finden! Na ja, etwas Zeit ist ja noch.)

Spinnen in Spanien

Marie stand im Bademantel vor Monikas Zimmertür. Ihre Haare waren tropfnass. Zu ihren Füßen breitete sich langsam eine Wasserpfütze aus. Nervös klopfte sie an.

Erst nach dem dritten Mal öffnete sich die Tür einen Spalt. Monikas verschlafenes Gesicht erschien. »Was ist los?«, fragte die Studentin unfreundlich. »Es ist halb sieben! Brennt es?!«

Marie atmete schwer. Sie öffnete den Mund, brachte aber keinen Ton raus. Mit zitternder Hand zeigte sie auf die offen stehende Tür ihres Zimmers am anderen Ende des Flurs.

Monika riss die Augen auf. »Ist was passiert?« Willst du erst mal reinkommen?« Sie öffnete ihre Tür ganz.

Erstaunt stellte Marie fest, dass die Studentin komplett angekleidet war. Aber darüber wollte sie sich jetzt keine Gedanken machen. Marie schüttelte den Kopf. Dann flüsterte sie verstört: »Da ist … eine … riesengroße … Riesen…spinne!« Vor Ekel geschüttelt fügte sie hinzu: »Handtellergroß. Ohne Beine gemessen!«

Monika sah sie stumm an.

Marie setzte erneut an: »In unserer Dusche ist eine gigantische Spinne. Bitte hilf mir! Kim und Franzi sind beim Joggen. Ich bin ganz allein!«

»Jetzt beruhige dich mal«, sagte Monika. »Ich dachte schon, es ist was Schlimmes.« Sie seufzte erleichtert. »Spinnen beißen nicht.«

»Die in Spanien vielleicht schon«, flüsterte Marie hysterisch.

Sie packte Monika am Arm und zog. »Du musst mir helfen, sie aus dem Bad zu entfernen, bitte!«
Entnervt nickte Monika. »Warte.« Sie zog den Schlüssel auf der Innenseite ab und kam heraus.
Die Tür schnappte zu. Marie zog Monika in den Flur.
»Wahrscheinlich hat sich das arme Tier schon längst verkrochen«, sagte die Studentin.
»Oh mein Gott! Verkrochen?! Daran habe ich noch gar nicht gedacht. Marie keuchte. »In meine Schuhe? Unterwäsche? Mein Bett?« Sie legte wimmernd die Hand über ihre Augen und verkündete: »Ich werde ohnmächtig.«
Monika sah Marie entsetzt an. »Bitte nicht!«
»Ja, okay, es wird schon gehen«, brachte Marie schwach hervor und zog Monika weiter.

»Sie sind drin!«, sagte Kim leise. Sie trat aus dem Schatten der Säule gegenüber von Monikas Zimmertür und sah nach rechts und nach links. »Bahn frei!«, flüsterte sie Franzi zu.
Die Mädchen huschten auf die andere Seite. Franzi zog einen durchsichtigen gebogenen Plastikstreifen aus der Hosentasche. Mit der freien Hand rieb sie sich kurz die Augen. Sie fühlte sich total gerädert. Das war jetzt schon die zweite Nacht, in der sie kaum geschlafen hatte. Sie war abwechselnd wütend und voller Panik gewesen und hatte sich hellwach im Bett gewälzt. Das Gespräch mit Kim und Marie am Abend hatte gutgetan. Aber sie grübelte immer wieder darüber nach, ob es wirklich richtig war sich nicht mehr bei Felipe zu melden. Das hatte ihr Marie geraten. Sie sollte ihm Zeit geben. Er würde mehr Freiraum brauchen und sich

schon melden. Franzi sah die Worte seiner letzten SMS vor sich: *»liebe franzi, es tut mir leid«*. Was sollte das?! Seitdem hatte er sein Handy ausgeschaltet. Franzi seufzte. Sie musste jetzt aufhören daran zu denken. Sie musste jetzt einen klaren Kopf haben!

Franzi atmete tief durch. Mit ruhiger Hand schob sie den Plastikstreifen in den Türspalt über dem Schloss. Behutsam zog sie ihn weiter runter, bis sie einen Widerstand spürte.

Kim sah gespannt zu.

»Jetzt werden wir sehen, ob das hier so gut funktioniert wie heute Nacht an der Badezimmertür«, murmelte Franzi. Sie hatte über eine Stunde lang immer wieder probiert, bis sie ein Gefühl dafür hatte, wann sie den Streifen mit dem richtigen Druck nach unten ziehen musste und der Schnapper des Schlosses zurücksprang.

Normalerweise war Marie für das Knacken von Türschlössern zuständig. Sie hatte sich einige Techniken von ihrem Vater zeigen lassen. Als Darsteller des bekannten Fernsehkommissars Brockmeier hatte er das Knacken von Schlössern erlernt, um besonders authentisch spielen zu können. Von ihm stammte der Tipp einen langen Streifen aus einer leeren Plastikflasche zu schneiden und diesen zum Öffnen von Schnappschlössern zu verwenden. Die Methode mit der Kreditkarte, die in anderen TV-Krimis gezeigt wurde, funktionierte nämlich meistens nicht in der Wirklichkeit.

Marie hatte das von ihrem Vater erlernte Wissen letzte Nacht an Franzi weitergegeben. Und die war eine sehr geschickte Schülerin: Nach weniger als drei Minuten hatte sie jetzt den Schnapper zurückgedrückt, das Schloss sprang auf.

Die Tür zu Monikas Zimmer war nur noch angelehnt.
Kim klopfte Franzi auf den Rücken. »Perfekt! Das hätte Marie nicht besser machen können.«
Franzi bekam rote Wangen. Sie freute sich, dass alles so gut klappte. Ihr Herz schlug schneller und sie spürte, wie neue Energie durch ihren Körper floss. Detektivarbeit war einfach das allerbeste Heilmittel gegen Liebeskummer!
»Worauf wartest du?«, drängelte Kim leise. »Wir müssen uns beeilen. Monika kann jederzeit zurückkommen.«
Franzi huschte ins Zimmer. »Sie wird aber eine Weile brauchen, um zu erkennen, dass Maries Spinne aus Gummi ist. Es war eine geniale Idee von dir, sie neben einem echten Spinnennetz oben an der Badezimmerdecke zu befestigen. Von unten sieht sie total lebendig aus.«
Kim folgte Franzi und schloss die Tür. Sie kicherte. »Im Nachhinein muss ich sagen, dass es eine geniale Idee von meinen kleinen Brüdern war mir heimlich eine Plastikspinne mit auf die Reise zu geben. Auch wenn ich mich ziemlich erschrocken habe, als ich sie ganz unten in der Tasche gefunden habe ...« Plötzlich stutzte sie. »Was ist das denn?« Sie lief zum Schreibtisch vor dem Fenster und beugte sich interessiert darüber. »Stadtpläne!«
Franzi kam ebenfalls zum Tisch und stellte sich neben Kim.
»Der Pfarrer hat uns erzählt, dass sie nach alten Stadtplänen von Cuenca gefragt hat«, murmelte Kim. »Das müssen Kopien davon sein.«
»Vielleicht schreibt sie wirklich eine Arbeit über mittelalterliche Städte«, sagte Franzi.
»Und nebenher verdient sie ein bisschen Geld für ihr Studi-

um mit Kunstdiebstählen und Hehlerei …« Kim zog die Stirn in Falten. »Ich weiß nicht.« Nachdenklich sah sie über die Papiere. »Hier, der eine Plan in der Mitte. Den hat sie komplett selbst gezeichnet!« Sie ging näher ran. Dann zog sie schnell ihr Handy aus der Hosentasche und fotografierte alle vier Pläne. »Wir sind schon viel zu lange hier«, murmelte sie. »Wir müssen das nachher auswerten.«

Franzi nickte. Sie lief zur Tür. Als Kim das letzte Foto gemacht hatte, vibrierte ihr Handy. Es war Marie.

Sie hatten mit ihr vereinbart, dass sie sofort anrufen sollte, sobald Monika sich auf den Rückweg zu ihrem Zimmer machte. Im besten Fall waren Kim und Franzi bereits wieder zu ihrem Posten hinter der Säule zurückgekehrt. Im schlechtesten Fall würden sie sich noch im Zimmer der Studentin befinden. Dafür hatten sie einen Notfallplan ausgeklügelt.

»Mist«, rief Franzi. »Wir haben zu lange gebraucht.«

Kim nahm das Gespräch an und sagte: »Verlängerung.« Dann steckte sie ihr Handy weg und lief zur Tür.

Franzi hatte sie bereits einen Spalt geöffnet. Sie hielt ein Lineal, an das sie Maries kleinen Taschenspiegel geklebt hatten, eine Handbreit aus dem Türspalt heraus. Dann spähte sie, versteckt hinter der Tür, auf den Spiegel. Sie überblickte den Flur. Ganz am Ende war Monika zu sehen. Sie ging schnell und schüttelte dabei den Kopf.

Franzi spannte alle Muskeln an. Sie wartete auf die vereinbarten Worte …

Kim stand dicht hinter ihr, bereit zum Sprint. Plötzlich zuckte sie jedoch kurz zusammen und entfernte sich.

»Was machst du?«, zischte Franzi.

Kim kam zurück. Sie nickte. »Alles klar. Ich bin bereit.«
Wie auf Kommando gellte Maries Stimme über den Flur: »Monika! Ich glaube, im Kleiderschrank sind noch welche …«
Franzi sah im Spiegel, wie die Studentin abrupt stehen blieb. Sie verharrte eine Weile und schüttelte den Kopf. Dann drehte sie um und lief zurück.
»Los!«, flüsterte Franzi.
Sie schlossen die Tür leise hinter sich und spurteten zu ihrem Versteck hinter der Säule.
Kurze Zeit später kam Monika schon wieder im Laufschritt daher. Sie zog ihren Schlüssel aus der Hosentasche und schloss auf. Dabei murmelte sie kopfschüttelnd vor sich hin. Franzi hörte etwas, das wie »Ziemlich blond!« klang, und musste grinsen. Die Studentin verschwand in ihrem Zimmer und schlug die Tür hinter sich zu.
Kim und Franzi grinsten sich an.
»Was ist denn hier los?«
Sie fuhren herum. Hinter ihnen stand ein Mädchen mit verwuscheltem Haarschopf im Türrahmen. Aus müden Augen sah es Kim und Franzi vorwurfsvoll an. »Spinnt ihr? Warum macht ihr so einen Höllenlärm? Wir wollen schlafen.«
»Entschuldige bitte!« Kim lächelte das Mädchen an. »Aber meine Freundin hat hier im Gang gerade eine Riesenspinne entdeckt …«
»Igitt!«, sagte das Mädchen und schloss hektisch die Tür.
Kim und Franzi atmeten auf. Sie verharrten noch einen Moment hinter der Säule. Aber es tat sich nichts mehr.
»Das war knapp«, rief Kim, als sie wieder in ihrem eigenen Zimmer waren.

»Aber es hat alles geklappt, wie ich sehe. Ihr seid da«, antwortete Marie aus dem Bad. Sie kam angezogen und mit einem Reiseföhn in der Hand ins Zimmer. Mit dem Kinn deutete sie zum Schreibtisch, auf dem die Plastikspinne lag. »Monika findet übrigens, dass ihr beiden ganz gemein seid. Echt fies, wie ihr mich mit einer Gummispinne erschreckt habt!« Sie schnappte sich ihre Rundbürste vom Schreibtisch. »Und mich hält sie für bescheuert, weil ich die Bommeln an einer Strickjacke für Kreuzspinnen halte …« Sie grinste.
Kim und Franzi kicherten.
Dann wurden die drei !!! schnell wieder ernst.
»Habt ihr etwas gefunden?«, wollte Marie wissen.
»Ja!« Kim ließ sich aufs Bett fallen und zog ihr Handy aus der Hosentasche. »Sie hat Pläne auf dem Tisch liegen. Wir haben sie fotografiert. Warte …« Kim klickte durch das Album. »Mist«, sagte sie nach einer Weile. »Das Display ist viel zu klein, man erkennt fast gar nichts.«
»Meinst du, auf meinem iPad ist es besser?«
»Ja! Gute Idee!«
Nachdem sie die Fotos auf Maries Tablet geschickt hatten, fingen Kim und Franzi an, die Pläne zu studieren. Marie trocknete sich die Haare und sah ihnen dabei über die Schulter. »Das ist die Altstadt von Cuenca«, rief sie plötzlich.
Kim nickte. Sie runzelte die Stirn und klickte zwischen den vier Fotos hin und her. »Es gibt drei alte Pläne mit verschnörkelter Schrift und einen Plan, den Monika selbst gezeichnet hat«, sagte sie laut. »Der scheint mir der wichtigste zu sein. Einige Orte sind mit Kreuzen markiert. Manche davon wurden wieder durchgestrichen …«

Marie schaltete den Föhn aus. »Eine Schatzkarte?«, fragte sie neugierig.
Kim sah hoch. »Ich weiß es nicht.« Nach einem kurzen Blick auf ihre Armbanduhr schob sie das Tablet von sich. »Ich denke, wir kommen hier nicht so schnell weiter. In zehn Minuten fängt der Unterricht an. Lasst uns die Pläne danach genau ansehen.«
»Aber wir könnten uns auch gleich darum kümmern«, schlug Franzi vor.
Marie legte den Föhn und die Bürste auf dem Tisch ab und zupfte ihre Haare in Form. »Franziska Winkler!«, sagte sie mit gespielt strenger Stimme. »Hier schwänzt keiner den Unterricht! Wir sind hier schließlich auch, um Spanisch zu lernen. Oder hast du das etwa vergessen? Du willst dich doch mit Felipe in seiner Muttersprache unterhalten können!«
»Wer weiß, ob wir uns überhaupt jemals wieder unterhalten!«, murmelte Franzi. Mit einem Mal hatte sie der Liebeskummer wieder fest im Griff.
Marie legte sofort einen Arm um sie. »Du bist in der letzten Zeit ganz schön empfindlich und siehst alles viel zu schwarz. Das wird schon wieder, glaub mir! Felipe und du, ihr seid ein Traumpaar. Aber es kann nicht immer alles reibungslos laufen. Es gehört dazu, dass man streitet.«
Franzi nickte. »Finde ich ja auch. Aber er lässt ja nicht mit sich streiten!«
Marie seufzte. »Alles hat seine Zeit. Er wird sich melden. Dann könnt ihr streiten.«
Franzi zeigte ein schwaches Lächeln. »Das will ich hoffen.«

Sie kamen fünf Minuten zu spät zum Unterricht. Auch Monika war noch nicht da.
Die Stunde schien kein Ende nehmen zu wollen. Die drei !!! atmeten hörbar auf, als Federico seine spanischen Abschiedssätze sagte. Marie packte hektisch ihre Unterlagen zusammen. »Auf geht's zur Schatzsuche«, flüsterte sie Kim und Franzi zu.
»Schade, dass ihr gestern nicht zum Discoabend gekommen seid«, sagte Liam plötzlich. »Geht ihr jetzt wenigstens was mit uns essen?«
Marie zuckte bedauernd mit den Schultern. »Wir müssen leider dringend etwas erledigen. Aber morgen kommen wir wieder mit!«
Liam nickte. »Ich zähl auf euch!«
Marie schenkte ihm ein strahlendes Lächeln und eilte hinaus.
»Komisch, dass Monika heute nicht zum Unterricht gekommen ist«, sagte Kim, während sie über den Flur zu ihrem Zimmer liefen.
»Ja! Dabei war sie heute Morgen schon wach und fertig angezogen, als ich geklopft habe.« Marie grinste. »Wahrscheinlich war sie von der Spinnenjagd so erschöpft, dass sie sich wieder hingelegt hat.«
Kichernd betraten sie ihr Zimmer.
Marie startete sofort das iPad und sie beugten sich zu dritt darüber.
»Wir sollten als Erstes herausfinden, was die spanischen Überschriften der drei Pläne bedeuten«, sagte Kim. Sie rief ein Übersetzungsprogramm auf und begann zu tippen.

Die drei Detektivinnen suchten und schrieben eine halbe Stunde lang.
Schließlich sagte Kim: »Na wenn das mal nicht spannend ist!«

In der Unterwelt

»Das sind keine normalen Stadtpläne. Das sind Bauzeichnungen, die jeweils ein unterirdisches Tunnelsystem in Cuenca darstellen!«, rief Franzi. »Das alte Wassersystem, die Fluchtgänge aus dem Bürgerkrieg und einige scheinbar private Abkürzungstunnel von Haus zu Haus!«
Kim nickte aufgeregt. »Der letzte Plan stammt aus neuerer Zeit. Er ist wahrscheinlich von der Stadtverwaltung. Der Pfarrer hat uns doch erzählt, dass seit kurzem neu entdeckte Tunnel katalogisiert werden.«
Marie drehte nachdenklich eine Haarsträhne um ihren Finger. »Und Monika hat einen Plan gezeichnet, in dem alle Gänge und Tunnel vereint sind. Man sieht deutlich, wie hier an einem alten Wassergang weitergebaut wurde und ein Fluchttunnel entstanden ist.« Sie beugte sich noch etwas weiter über den Bildschirm. »Unser Brunnen in der Nähe vom *Cristo-del-Pasadizo*-Platz ist auch markiert!«
Kim kaute an ihrem Bleistift. Sie nickte abwesend. »Aber warum hat sie das gemacht? Warum hat sie an bestimmten Stellen Kreuze gemalt?«
»Weil sie etwas versteckt hat …«, murmelte Franzi.
Marie nickte. »Genau! Die Kunstgegenstände, die sie gestohlen hat. Sie nutzt die alten Tunnel als Lager, bis sie die Diebesbeute verkaufen kann.«
»Und warum hat sie die Kreuze zum Teil wieder durchgestrichen?«, fragte Franzi.
In die nachdenkliche Stille hinein erklang ein lautes Magen-

grummeln. »Sorry«, sagte Kim. »Ohne Frühstück ist es bei mir echt schwierig.«
Franzi schob ihr den Teller mit ein paar übrig gebliebenen Fleischbällchen von ihrem gestrigen Abendsnack rüber. »Hier, greif zu. Die schmecken auch kalt super.«
»Danke!« Kim nahm ein Bällchen und ließ es in ihrem Mund verschwinden. Langsam kauend betrachtete sie Monikas Zeichnung. Nach einer Weile sagte sie: »Ich nehme an, dass Monika die Stollen mit der versteckten Beute markiert hat, damit sie nicht den Überblick verliert.« Sie nahm ein weiteres Fleischklößchen und nuschelte: »Immer wenn sie das Diebesgut herausgeschafft und verkauft hat, streicht sie die Markierung durch. Dann weiß sie, dass die Höhle frei ist, um neue Beute einzulagern.«
»Was so ein paar Klößchen ausmachen!« Franzi schlug mit der flachen Hand auf den Tisch. »Kim, du bist genial!«
Unbeeindruckt fuhr Kim fort: »Drei Kreuze sind nicht durchgestrichen. Ich schlage vor, dass wir uns diese Orte einmal genauer ansehen, um endlich etwas mehr Licht in diesen Fall zu bringen!« Sie wischte sich die Finger an einer zerknüllten Serviette ab und sah ihre Freundinnen an. »Seid ihr bereit?«
Franzi und Marie nickten heftig. »Absolut!«, riefen beide wie aus einem Mund.
»Dann sollten wir uns jetzt noch eine extra Portion Energie beschaffen«, sagte Kim.
Ihre Freundinnen verstanden sie sofort. Schweigend legten die drei Mädchen ihre Hände aufeinander und sahen sich an. Dann riefen sie aus voller Kehle: »Die drei !!!.«

Kim sagte: »Eins!«
Franzi folgte mit: »Zwei!«
Marie rief: »Drei!«
Schließlich streckten sie die Arme in die Höhe und riefen: »Power!!!«
Alle drei Mädchen spürten sofort die warme Energie, die ihren Körper nach dem Powerspruch durchströmte. Das Gefühl war so stark, dass Franzi noch nicht einmal bemerkte, dass das Handy in ihrer Hosentasche vibrierte.
Kim sprang auf und sah in ihrer Reisetasche nach. Verärgert stellte sie fest, dass sie den kleinen Detektivkoffer nicht eingepackt hatte. Aber wenigstens hatten alle drei Mädchen ihre starken LED-Taschenlampen und die Markierungskreiden dabei.
Michis UV-Farbe fiel Kim beim Wühlen in die Hände und sie warf die kleine Flasche zusammen mit ihrem Taschenmesser und einem Stück Seil in den Rucksack. »Alle fertig?«, fragte sie atemlos.
Marie und Franzi nickten ungeduldig. Sie standen bereits abmarschbereit in der Tür. Marie steckte noch schnell den Computer ein.
»Wir sollten Inma kurz Bescheid sagen«, fiel Kim plötzlich ein. »Zur Sicherheit, damit jemand weiß, wo wir sind.«
Franzi sah sie entsetzt an. »Willst du etwa zu ihr gehen und sagen: ›Wir machen mal eine kleine Tour durch die unterirdischen Gänge hier in dieser schnuckeligen Stadt und hoffen, dass wir uns nicht verlaufen‹?!«
»So ähnlich«, war Kims knappe Antwort.
Franzi und Marie folgten ihr kopfschüttelnd.

Kim winkte Inma im Vorbeigehen zu. Als sie freundlich zurückwinkte, rief Kim: *»We will be back in four hours!«*
Die Sekretärin nickte, sichtlich zufrieden darüber, dass sie informiert wurde. *»Have fun!«*, rief sie den drei !!! hinterher.
»Meinst du wirklich, dass wir erst in vier Stunden zurück sind?«, fragte Marie skeptisch. Sie betrachtete den Plan auf dem iPad. »Wenn ich es richtig sehe, befindet sich das eine Kreuz nicht weit von der *Plaza Mayor* entfernt. Und die beiden andern sind in unmittelbarer Nähe. Da sind wir doch in einer Stunde durch.«
»Man kann nie wissen«, antwortete Kim.
Marie schlug ihr auf die Schulter. »Immer optimistisch bleiben!«

Tatsächlich fanden sie den Einstig zum ersten Tunnel spielend. Er lag hinter einem alten Brunnen unter einer Treppe neben *Jovi's Place*. Sie warteten einen Moment, bis niemand auf sie achtete. Als die Luft rein war, verschwanden die drei Detektivinnen blitzschnell in dem schmalen Spalt zwischen Brunnen und Hausmauer. Regungslos und schweigend verharrten sie einige Sekunden. Nichts war zu hören oder zu sehen. Sie liefen vorsichtig weiter. Es war ihnen klar, dass diese Aktion gefährlich war. Nicht nur, weil sie nicht wussten, in welchem Zustand die geheimen Gänge waren und auf welche Hindernisse sie womöglich stießen. Sondern auch, weil sie befürchten mussten, Monika oder einer anderen Person zu begegnen – die sicherlich nicht begeistert davon sein würde, die drei !!! hier vorzufinden. Aber sie hatten keine

andere Chance. Sie mussten das Risiko eingehen, um endlich das Rätsel um Monika zu lösen!
Die ersten Meter konnten sie ohne Taschenlampenlicht bewältigen. Dann mussten sie laut Plan jedoch in einen Schacht einbiegen, der in völliger Finsternis lag. Kim brachte seitlich einen Kreidepfeil an. Sie knipsten die Stablampen an und begaben sich in den schmalen Tunnel. Es ging leicht bergab.
»Jetzt muss es gleich links abgehen«, flüsterte Marie nach einigen Minuten.
»In welchen Schacht?«, fragte Kim und blieb stehen.
»Linksrum, sagte ich doch.«
Kim schnaufte verärgert. »Es gibt zwei nebeneinanderliegende Schächte, die nach links abgehen. Du musst schon sagen, ob in den ersten oder den zweiten.«
Irritiert leuchtete Marie die Wand an. »Tatsächlich.« Dann sah sie auf den Plan. »Hier ist nur einer eingezeichnet.«
»Mist!«, schimpfte Kim leise. »Monika hat geschlampt.«
Sie entschieden sich für den ersten Tunnel. Kim brachte einen Kreidepfeil an.
»Sackgasse!«, sagte sie, nachdem sie drei Meter hineingelaufen waren und die Lichtkegel ihrer Lampen über eine massive Felswand zitterten. »Wir müssen zurück.«
Beim Herausgehen strich Kim den Kreidepfeil an der Wand durch und markierte den zweiten Schachteingang. »Nächster Versuch«, murmelte sie.
Sie hatten Glück, der Gang verlief zehn Meter geradeaus und knickte dann im rechten Winkel ab – genau so, wie es auf dem Plan verzeichnet war. Leise schlichen sie weiter.

»Und links rein«, flüsterte Marie. »Wir haben es gleich geschafft. Am Ende von diesem Gang ist die Kammer.«
Kim leuchtete die Wand an. Es gab drei Eingänge – und wieder war nur einer auf dem Plan eingezeichnet.
»Verdammt!«, sagte Marie. »Wenn das so weitergeht, brauchen wir nicht vier Stunden, sondern vier Tage!«
»Das fürchte ich auch.« Kim leuchtete in den ersten Schacht. Bereits nach zwei Metern war das Ende zu erkennen: eine Wand aus massivem Fels. »Es scheint hier in der Erde zahlreiche harte Felsbrocken zu geben. Als die Gänge angelegt wurden, haben die Leute wahrscheinlich einfach aufgehört zu graben, sobald sie auf Fels gestoßen sind, und haben es ein paar Meter daneben probiert.« Sie seufzte. »Und die Sackgassen wurden offensichtlich erst gar nicht in die Pläne eingezeichnet. Oder Monika hat sie nicht übertragen.«
»Blöd!«, sagte Franzi. »Aber es lässt sich jetzt nicht mehr ändern. Wir müssen eben mit der Situation umgehen.«
»Genau«, sagte Marie, während sie schon in den zweiten Gang hineinsah. »Wir laufen einfach schneller!«
Kim und Franzi nickten. Hastig setzten sie ihre Suche fort. Franzi rannte zusammen mit Marie voraus und Kim kümmerte sich um die wichtigen Markierungen.
Nach über einer Stunde hatten sie es geschafft: Das Ende des Gangs öffnete sich zu einer größeren Kammer.
»Oh nein«, rief Franzi. »Sie ist leer!« Die drei Detektivinnen leuchteten jeden Winkel und jede Nische aus. Aber es blieb dabei: Sie fanden nichts. Enttäuscht und ratlos lehnten sie sich an die staubige Wand.
Kim tropfte der Schweiß von der Stirn. Sie war, im Gegen-

satz zu ihren Freundinnen, völlig außer Atem. »Lange halte ich das nicht durch«, keuchte sie.

»Ab morgen gehen wir alle zusammen regelmäßig laufen«, sagte Franzi. »Du wirst sehen, wie schnell du Kondition bekommst.«

Kim nickte ergeben. Nach einer kurzen Verschnaufpause sagte sie: »Und jetzt erst mal weiter im Geheimgangmarathon. Wir haben noch zwei Chancen.«

Sie nahmen die Suche in etwas langsamerem Tempo wieder auf. Erneut mussten sie unzählige Sackgassen betreten und wieder verlassen. Kim kam mit dem Markieren kaum noch nach.

Zwei Stunden später lagen die Nerven der drei Detektivinnen blank: Sie hatten die zweite Höhle gefunden. Leider war sie ebenfalls komplett leer!

Sofort kehrten sie um und liefen die Route zu der dritten Stelle ab, die auf dem Plan markiert war.

»Ich fürchte, unsere Vermutung trifft nicht zu«, sagte Kim enttäuscht. Sie wich einer Wasserpfütze aus. »Die Kreuze müssen etwas anderes bedeuten.«

Schweigend liefen sie weiter, blieben aber immer wieder kurz stehen, um nach auffälligen Geräuschen zu lauschen. Aber alles war still und friedlich. Nach einigen Metern stoppte Kim plötzlich. Sie sog scharf die Luft ein. Alarmiert hielten Marie und Franzi ebenfalls an.

Kim kreiste mit dem Lichtkegel eine Stelle auf dem Boden vor sich ein. Sie hob einen Finger vor den Mund.

Vor ihnen war der feuchte Boden durchfurcht. Als Franzi genau hinsah, stockte ihr der Atem: Am Rand der aufge-

wühlten Stelle waren Fußspuren zu sehen! Ganz deutlich: Spuren von schweren Schuhen mit grobem Profil! Sie verloren sich weiter hinten, wo der Boden wieder trockener war.
Die drei Detektivinnen hielten den Atem an und lauschten. Außer dem Tröpfeln kleiner Wasserrinnsale an den Wänden war nichts zu hören.
Sie dimmten ihre Lampen und schlichen in dem spärlichen Licht leise weiter. Der Gang machte einen leichten Knick. Vorsichtig spähte Kim um die Ecke.
Sie unterdrückte einen Aufschrei. Die dritte Kammer lag vor ihr. Und dieses Mal waren sie fündig geworden! Eine Sackkarre lehnte an der Wand – und zwischen verstreut herumliegenden Werkzeugen standen drei große Holzkisten mitten im Raum. Franzi schob sich neben Kim. »Also doch«, flüsterte sie tonlos.
Sie warteten wieder eine Weile ab, aber alles blieb still.
»Im Moment ist niemand hier«, sagte Marie. »Aber die Spuren im Gang wirken sehr frisch … Wir sollten nachsehen, was in den Kisten ist, Beweisfotos machen und dann so schnell wie möglich abhauen.«
Kim nickte. »Unbedingt. Ich habe auch ein äußerst ungutes Gefühl.« Sie schnupperte. »Hier riecht es übrigens ganz schön modrig.«
»Es ist ja auch alles völlig durchnässt«, antwortete Franzi. Sie lief zu einer der Holzkisten. »Da sind Styroporblöcke druntergeschoben. Wahrscheinlich, um den Holzboden vor dem feuchten Untergrund zu schützen.« Neben der Kiste stand ein Eimer, in den es unaufhörlich von der Decke hineintropfte.

»Der Ort hier ist aber als Lager für Kunstwerke schlecht ausgesucht«, stellte Franzi fest. »Bei der Feuchtigkeit geht doch alles kaputt!« Sie schob vorsichtig den aufgelegten Deckel beiseite. Holzwolle raschelte. »Es ist aber tatsächlich Kunst drin!«, sagte Franzi über die Kiste gebeugt.

Kim und Marie liefen zu ihr. Mit großen Augen betrachteten die drei !!! eine goldfarbene abstrakte Skulptur, die zwischen der Holzwolle lag.

»Vielleicht ist es hier sonst ganz trocken«, gab Kim zu bedenken, »und die Diebe wurden von dem ungewöhnlich nassen Frühjahr überrascht.« Sie machte ein Foto von der Skulptur, den Kisten und der Sackkarre.

In den beiden anderen Kisten fanden sie je drei Bilder in aufwendig gestalteten Rahmen. Auch von ihnen machte Kim Fotos. »Und jetzt nichts wie weg!«

»Sollen wir gleich zur Polizei gehen? Oder knöpfen wir uns erst Monika vor?«, fragte Franzi, während sie den Deckel wieder zurückschob.

Bevor Kim antworten konnte, raschelte etwas im hinteren Teil des Raums. Die drei !!! erstarrten. Das Rascheln verstärkte sich und ein dumpfes Poltern folgte. Schließlich drang ein ersticktes Wimmern zu den Mädchen.

Kim und Marie standen vor Schreck wie im Boden festgewachsen da.

Franzi fasste all ihren Mut zusammen und ging auf die dunkle Ecke zu, aus der die Geräusche drangen. Ihre Hand zitterte. Der Lichtstrahl erfasste einen Stapel mit Holzlatten. Seitlich davon lag ein dunkles Bündel auf einem Haufen Holzwolle. Franzi riss die Augen auf. Ihr fiel beinahe die

Lampe aus der Hand. Das Bündel bewegte sich. Es war ein Mensch. Er war von Kopf bis Fuß gefesselt! Über den Mund war ein schmutziger Stoffstreifen gebunden. Eine Brille hing schief über den Augen, die panisch im völlig verdreckten Gesicht leuchteten.

Kim und Marie kamen nun ebenfalls herbeigelaufen. Gemeinsam schafften sie es, den Knebel zu entfernen.

Und mit einem Schlag erkannten die drei !!!, wen sie vor sich hatten.

»Monika?!«, japste Franzi.

Es kam ein schwaches, heiseres »Ja«.

Monika sah Franzi fassungslos an. Dann stammelte sie: »Tausend Dank, dass ihr mich gerettet habt.«

Perfekte Tarnung

Monika rückte ihre Brille zurecht. Sie hatte ein ängstliches Flackern in den Augen. »Sie werden wiederkommen!«, sagte sie hastig. »Schnell, könnt ihr mich von den Fesseln befreien? Wir müssen hier raus!«

Die drei !!! tauschten einen kurzen Blick. Ohne viele Worte verstanden sie sich: Jetzt war keine Zeit für Fragen. Die würden sie später stellen.

Kim durchtrennte mit ihrem Taschenmesser geschickt die breiten Klebebänder, die als Fesseln gedient hatten. Monika massierte sich die Hände, Beine und Füße. Dann befühlte sie ihren Hinterkopf und zuckte kurz zusammen. »Autsch, da habe ich wohl eine dicke Beule.«

Monika konnte aufstehen. Franzi und Marie stützten sie. »Geht es?«, wollte Marie wissen.

»Ja, mit eurer Hilfe schaffe ich es. Und jetzt: Weg von hier!«

Sie steuerten, so schnell es Monika möglich war, auf den Ausgang zu und begaben sich in den Tunnel.

»Kim, wo bleibst du«, zischte Franzi nach einigen Metern. Sie sah sich nach ihrer Freundin um.

Kim lief einige Meter hinter ihnen. Sie schloss keuchend auf. »Ich bin ja da!«

Franzi atmete auf. Sie liefen noch etwas schneller. Dank Kims Markierungen fanden sie den Rückweg auf Anhieb und nach einer halben Stunde sahen sie ein helles Viereck ganz am Ende eines Tunnels: der Ausstieg. Sie hatten es geschafft!

Selbst die schwache Frühabendsonne blendete sie nach dem langen Aufenthalt in der Finsternis so sehr, dass sie die Augen zukneifen mussten. Glücklicherweise herrschte geschäftiges Treiben rund um die *Plaza Mayor*, so dass niemand auf die vier verdreckten Mädchen achtete, die mit halb geschlossenen Augen auf einer Bank saßen und sich von den soeben erlebten Strapazen erholten.

Nach einer Weile stupste Franzi Kim an. »Sieh mal, da laufen aber eigenartige Leute herum.« Sie deutete unauffällig auf zwei Gestalten. Sie trugen lange weiße Kutten und hohe lilafarbene Spitzhauben, die bis über das Gesicht reichten und nur zwei Löcher für die Augen hatten. »Das sieht ja gruselig aus. Gibt es heute ein Rollenspieler-Treffen in Cuenca, oder was?«

Monika winkte ab. »Nein. Das sind Mitglieder der katholischen Bruderschaften, die sich zu den *Semana-Santa*-Prozessionen treffen. Das sind ganz besondere Umzüge, die in der Karwoche vor Ostern veranstaltet werden. Heute Abend findet eine sehr berühmte Nacht-Prozession statt. Jedes Jahr besuchen Tausende von Touristen Cuenca, um dieses Schauspiel zu sehen.«

In der Tat drängten sich immer mehr Menschen in den Gassen der Altstadt, auf der *Plaza Mayor* und vor der Kathedrale.

»Vielen Dank für diese sehr gute Erklärung«, bemerkte Kim. »Ich glaube, es gibt allerdings noch viel mehr Dinge, die du uns erklären kannst.« Kim sah Monika ernst an. »Ich schlage vor, wir setzen uns auf den kleinen Platz bei der Sprachschule. Da können wir uns ungestörter unterhalten.«

Monika zog die Stirn in Falten. »Wie meinst du das?«

»Monika Sales, wir haben einige Fragen an dich«, sagte sie freundlich. »Oder soll ich besser sagen: Monika Smith? So wie es in deinem britischen Reisepass eingetragen ist?«
Monika zuckte zusammen. Franzi und Marie sahen Kim verdattert an. »Was erzählst du da?«, fragte Marie. Franzi machte ein nachdenkliches Gesicht.
Monika bekam rote Wangen. »Das wüsste ich auch gerne. Wie bist du an meinen Reisepass herangekommen?! Warst du etwa in meinem Zimmer?«
Franzi schüttelte unmerklich den Kopf. Jetzt wusste sie, warum Kim bei ihrer Flucht aus Monikas Zimmer noch mal kurz zurückgelaufen war. Sie musste den Pass entdeckt und hineingesehen haben. Ihre Freundin hatte wirklich Nerven wie Drahtseile!
»Du gibst es also zu, Monika«, sagte Kim ruhig, »dass du hier in Cuenca unter falschem Namen unterwegs bist. Außerdem hast du uns erzählt, dass du in Berlin wohnen würdest. Du lebst aber in London!«
»Es ist mein Mädchenname«, warf Monika ein. Ihre Stimme klang unsicher. »Den darf man ja wohl mal verwenden und …« Sie brach den Satz ab.
Kim zog eine Augenbraue hoch. »Und was ist mit diesem Plan, den du gezeichnet hast?«
Jetzt schlug die Unsicherheit in Wut um. »Ihr schnüffelt mir hinterher«, rief Monika erbost. »Was soll das? Woher wisst ihr das mit dem Plan?« Sie sog scharf die Luft ein. »Was habt *ihr* eigentlich in den geheimen Tunneln zu suchen gehabt?«
»Vielleicht beantwortest du erst einmal unsere Fragen«, rief Kim ungehalten, »bevor du selbst welche stellst.«

Auch Franzi und Marie wurden jetzt langsam etwas ungeduldig.
»Monika, die Beweislage ist erdrückend«, sagte Marie. »Sie bestätigt unseren Verdacht, dass du an den Kunstrauben in Madrid beteiligt bist und unter anderem das berühmte Bild ›Im Bann des Flamenco‹ gestohlen hast.« Sie sah die Frau eindringlich an. »Warum du in deinem eigenen Versteck für die Diebesbeute niedergeschlagen und gefesselt wurdest, ist mir zwar ein Rätsel ... aber das ist jetzt Nebensache. Wir können gleich zur Polizei gehen und dich anzeigen, oder du erzählst uns freiwillig etwas.«
Monika saß wie vom Donner gerührt da. Sie schüttelte mechanisch den Kopf. »Ich glaube«, sagte sie langsam, »wir müssen uns tatsächlich ausführlich unterhalten.« Sie stand auf. »Jetzt sofort. Dein Vorschlag für den Ort war gut, Kim. Lasst uns dorthin gehen.«
Alarmiert sprangen die drei Detektivinnen auf. Aber Monika machte keinen Fluchtversuch. Sie ging zielstrebig zu dem kleinen, etwas oberhalb der *Plaza Mayor* und hinter der Sprachschule gelegenen Platz.
»Ist der kleine Finger von San Julián de Cuenca auch in einer der Kisten?«, platzte Franzi heraus, als sie sich auf eine Mauer setzten.
Monika sah sie entsetzt an. »Jetzt weiß ich wirklich nicht mehr, wovon ihr redet.« Sie sah verwirrt von einem Mädchen zum anderen. »Um Gottes willen, sagt mir bitte, *wer* seid ihr?«
Kim verschränkte die Arme vor der Brust. »Du zuerst!«
Monika massierte sich erschöpft die Schläfen. »Also gut.« Sie

griff in ihre hintere Hosentasche und zog eine Geldbörse hervor. Als sie sie aufklappte, kam ein Ausweis zum Vorschein.
»Ich werde euch jetzt von mir berichten und mich dabei so kurz wie möglich halten. Denn die Zeit drängt, ich erkläre euch gleich, warum.« Sie holte tief Luft und begann zu erzählen: »Ich bin Kunstfahnderin und arbeite für die *Art Insurance Company* in London, eine Gesellschaft, die auf die Versicherung von Kunstwerken spezialisiert ist. Ich bin seit zwei Jahren mit einem Briten verheiratet und lebe in England. Eigentlich bin ich in Berlin geboren und aufgewachsen. Ich muss hier in Cuenca undercover ermitteln, deshalb trete ich unter meinem Mädchennamen auf. Zur Tarnung habe ich mich auch für den Spanischkurs eingeschrieben. Meine Aufgabe ist es den Ort zu finden, an dem eine dreiste Kunsträuberbande ihre Beute versteckt hat. Seit fast einem Jahr machen diese Verbrecher Madrid unsicher. Die gestohlenen Kunstwerke sind bei der AIC versichert. Es ist üblich, dass wir die Arbeit der Polizei durch eigene Ermittlungen unterstützen und teilweise sogar abkürzen. Es geht schließlich um viel Geld. Wenn wir selbst die gestohlenen Kunstwerke wiederfinden können, muss die Gesellschaft die Versicherungssumme nicht auszahlen. Ein Mittelsmann hat mir den Tipp mit den geheimen Tunneln und Kammern in Cuenca gegeben.«
Monika holte erneut tief Luft und fuhr fort: »Ich habe mir also von Señor Delgado Pläne besorgt und versucht das Tunnelsystem im Ganzen zu rekonstruieren. Ich habe alle in Frage kommenden größeren Kammern markiert und dann systematisch gesucht. Aber dann seid ihr aufgetaucht!« Mo-

nika fuhr sich durch die Haare. »Es war wie verhext! Erst hast du mich«, sie deutete auf Franzi, »zusammen mit einem Jungen entdeckt.«

Franzi sah Monika fragend an. »Wo war das denn?«

»Unten am Fluss, bei den großen Felsen.«

Jetzt erinnerte sich Franzi. »Yeti!«, sagte sie.

Monika schüttelte den Kopf. »Du sprichst manchmal wirklich in Rätseln.«

»Ach, ist auch nicht so wichtig«, beeilte sich Franzi zu sagen.

»Es stimmt. Ich habe eine Gestalt in der Felsspalte gesehen. Aber Felipe«, sie zögerte kurz und fuhr dann fort, »mein Freund, meinte, dass es unmöglich ist, dass ein Mensch da hineinklettern kann.«

»Ich kam ja auch von der anderen Seite durch einen Tunnel. Der endet an der Stelle allerdings im Nichts. Ich habe einen Riesenschrecken bekommen, als ich plötzlich in einen zehn Meter tiefen Abgrund geblickt habe.«

»Das kann ich mir vorstellen«, sagte Kim. Sie kratzte sich an der Nase. »Gehe ich recht in der Annahme, dass wir uns auch an dem Brunnen in der Nähe des *Cristo del Pasadizo* begegnet sind?«

»Genau.« Monika schüttelte ihre langen braunen Haare und klaubte ein Blatt heraus. Sie betrachtete es nachdenklich. »Ich kam gerade aus dem Gang – und da saßt ihr. Ich habe mich so erschreckt! Ich bin schnell wieder zurück, weil ich wirklich keine neugierigen Jugendlichen brauchen konnte, die mir in meine Ermittlungen hineinfunken. Aber scheinbar war ich nicht schnell genug. Als ich am Tunnelende ausgestiegen bin und einen knapp daneben liegenden Eingang zu einem Schacht untersucht habe, seid ihr schon wieder aufgetaucht! Ihr wart mir gefolgt.«

Marie sah Monika empört an. »Du warst auf einmal als Geistererscheinung auf meinem Handy drauf. Der Sache mussten wir doch nachgehen!«

»Ich habe den Eindruck, dass ihr den Dingen immer sehr genau auf den Grund geht«, bemerkte Monika. »Aber dazu später, wenn ihr mir endlich erzählt, wer ihr seid.« Sie zerkrümelte nervös das trockene Blatt in ihrer Hand. »Und jetzt kommt ein unangenehmer Aspekt …«

»Du hast das Holzstück auf mich geworfen!«, rief Marie aufgebracht. »Habe ich recht? Du warst das. Weil du Angst hattest, dass wir dich weiter verfolgen. Weil du uns erschrecken wolltest, damit wir abhauen und du in Ruhe weitersuchen kannst.« Maries Augen verdunkelten sich. »Du hast mich zu Tode erschreckt!«

Monika hob entschuldigend die Hände. »Ich habe den Klotz extra in genügend großem Abstand hinuntergeworfen, das kannst du mir glauben. Ich habe genau darauf geachtet, dass niemand von euch zu Schaden kommt. Ehrlich! Aber ich musste etwas unternehmen, damit ihr aufhört mir zu folgen. Ich konnte keine jugendlichen Anfängerschnüffler in meiner Nähe brauchen … sorry!«

Marie war ziemlich sauer. »Was wäre wohl passiert, wenn diese *Anfängerschnüffler* dich vorhin nicht gefunden hätten?«, fragte sie aufgebracht. »Als du hilflos eingewickelt wie eine Rindsroulade im Dunkeln lagst?«

»Das möchte ich lieber nicht wissen.« Monika ließ die Schultern hängen. »Ihr habt mich gerettet und ich bin euch unendlich dankbar dafür! Es tut mir aufrichtig leid, dass ich dir so einen Schrecken eingejagt habe.«

Marie biss sich auf die Lippe. »Ist schon gut«, sagte sie dann etwas versöhnlicher. »Für dich ist diese Sache bestimmt auch sehr aufregend gewesen.«

Monika nickte. »Das kann man wohl sagen.«

Sie schwiegen eine Weile. Dann fragte Kim: »Wer ist eigentlich der Mann, der dir die Unterlagen auf der *Anteplaza* gegeben hat?«

Monika sah sie ungläubig an. »Woher wisst ihr das denn? Seid ihr mir da etwa auch gefolgt?« Sie schnaubte. »Ich dachte, ihr unterhaltet euch bestens mit Liam und Jesko.«

Kim wiegte den Kopf. »Wir haben eben unsere Augen überall. Das ist ein wichtiger Teil unseres Jobs …« Sie zog eine ihrer Visitenkarten aus der Hosentasche und gab sie Monika.

Die Kunstfahnderin hob fragend eine Augenbraue. Sie nahm die Karte und las. Dann breitete sich ein Grinsen auf ihrem Gesicht aus. »Jetzt verstehe ich. Na da sind sich ja die Richtigen begegnet!« Sie steckte die Karte ein. »Ihr könnt mir ja zu einem späteren Zeitpunkt erklären, wie *ihr* auf die Spur dieser Diebesbande gekommen seid. Aber zu eurer Frage nach dem Mann auf der *Anteplaza*: Er ist ein Informant der Versicherungsgesellschaft. Er versorgt mich immer mit Bildern der gestohlenen Kunstwerke, damit ich sie sofort erkenne, falls ich auf sie stoße. Aber er hat auch diverse Insiderinformationen und ihr werdet verstehen, dass ich zu seiner Identität nichts sagen kann.«

Kim nickte. »Natürlich.«

Plötzlich rannte Franzi zur Brüstung der Plattform. Von hier oben hatte man einen guten Überblick über die *Plaza Mayor* bis hinaus zu der imposanten Brücke, die die Altstadt mit der Klosteranlage verband. Sie beugte sich weiter vor. »Das ist komisch!«, rief sie. Sie starrte in die immer dichter werdende Menge von Kapuzengestalten und Touristen.
»Was ist los?«, wollte Kim wissen.
»Ich habe eine dieser Spitzmützengestalten mit einer Sackkarre gesehen. Dahinten läuft sie.«
»Ja und? Hier laufen gerade viele Menschen herum und haben irgendwelche Trommeln in der Hand oder transportieren etwas.«
»Aber auf dem Karren ist eine Holzkiste.« Franzi drehte sich zu den anderen um. »Und sie hat genau die gleiche Größe und Form wie die Kisten aus der unterirdischen Kammer. Das kann jetzt ein merkwürdiger Zufall sein, aber …«
Monika stürzte zu Franzi vor. »Das ist es, was ich befürchtet habe!«
»Dahinten läuft noch einer mit Karre und Kiste«, rief Franzi. »Und da ist noch einer!«
Monika schlug mit der flachen Hand auf die Balustrade. »Sie bringen die Beute jetzt schon woandershin. Verdammt!«
»Aber warum? Und was heißt ›jetzt schon‹?«, fragte Kim.
Franzi starrte in die Menge und versuchte alle drei Gestalten mit ihren Kisten im Auge zu behalten.
Monika erzählte unterdessen hastig: »Als ich heute Mittag die Kammer mit der Beute entdeckt habe, waren die Diebe gerade dabei die Kisten zu bauen und die Kunstwerke darin zu verstauen. Ich habe sie belauscht. Sie haben darüber ge-

sprochen, dass sie heute Nacht, im Schutz der *Semana-Santa*-Feierlichkeiten, die Beute an einen anderen Ort bringen würden. Das Wasser steigt im Tunnelsystem täglich höher und die Kunstwerke könnten Schaden nehmen.
Leider haben mich diese Kerle entdeckt und überrumpelt. Sie haben mich gefesselt und in die Nische gelegt, wo ihr mich vorhin gefunden habt. Einer der Typen sagte: ›Wir müssen sofort mit dem Chef sprechen. Wir müssen die Aktion früher durchziehen. Und wir müssen wissen, was wir mit ihr machen sollen.‹« Monika erschauerte kurz. »Dann sind sie verschwunden und haben mich einfach liegen lassen.« Die Kunstfahnderin fasste sich kurz an den Hinterkopf. »Und jetzt sind sie gewarnt und werden die Beute so schnell wie möglich aus Cuenca rausbringen. Und die ganze Suche fängt von vorne an. Verdammt!« Monika sah Kim an. »Ihr müsst mir helfen! Ich hefte mich jetzt an die Fersen der Täter und observiere sie. Und ihr gebt in der Zwischenzeit im Polizeirevier auf der Plaza Bescheid.« Sie fasste sich erneut an den Kopf und kniff vor Schmerz die Augen zusammen. »Ich rufe euch dann an und gebe durch, wohin die Polizei kommen soll. Au, verdammt. Ich glaube, ich habe mir eine handfeste Gehirnerschütterung zugezogen.«
Die drei !!! fackelten nicht lange.
»Wir machen das Ganze etwas anders«, rief Franzi. »Kim, du gehst mit Monika zur Polizeistation und warnst dort schon mal vor. Marie und ich verfolgen die Verbrecher und geben euch später den Zielort durch.«
Kaum hatte Franzi den Satz zu Ende gesprochen, rannten sie und Marie schon los.

Monika sah den beiden Mädchen irritiert nach. »Das geht jetzt alles ein bisschen schnell …«
»Komm«, sagte Kim ruhig. »Du bist ziemlich angeschlagen. Lass uns jetzt die Polizei informieren. Franzi und Marie werden das Ding in der Zwischenzeit schon schaukeln.«

»Es sah so aus, als würden sie alle drei die Richtung zur Brücke einschlagen«, rief Franzi Marie zu. Sie drängten sich weiter durch die Menge. Von dem kleinen, leicht erhöht gelegenen Platz vorhin hatten sie einen guten Überblick gehabt. Jetzt war die Sache wesentlich unübersichtlicher. Hunderte von Menschen, mit und ohne Kutten und Spitzmützen, drängten sich durch die Gassen – und mittendrin befanden sich die beiden Detektivinnen.
»Da vorne ist einer«, zischte Marie plötzlich. Sie deutete unauffällig auf eine Gestalt mit einer gelben Spitzkapuze, die mit der Sackkarre geschickt durch die dichte Menschenmenge steuerte. Schnell war die Gestalt jedoch wieder aus dem Sichtfeld der beiden Detektivinnen verschwunden. Franzi und Marie reckten die Hälse. Wieder kamen sie in die Nähe einer vermummten Gestalt. Sie hatte allerdings keine Sackkarre bei sich. »Das hat so keinen Sinn«, sagte Marie enttäuscht.
»Richtig, wir müssen jetzt auf volles Risiko gehen«, rief Franzi. »Wir warten an der Brücke auf sie und hoffen, dass das wirklich ihr Ziel ist.«
Marie nickte. »Alles klar!«
Sie zwängten sich zum Rand der Menschenmenge durch und spurteten los. Die Brücke kam in Sicht. Schon von wei-

tem erkannten die Detektivinnen, dass ihr Plan aufging: Eine Person befand sich dort. Sie warfen sich einen triumphierenden Blick zu: Es war eine Gestalt in Kutte und Spitzmütze, die eilig einen beladenen Sackkarren vor sich herschob! Franzi und Marie rannten weiter. Als sie die Brücke erreicht hatten, war die Gestalt mit ihrer Last schon fast am anderen Ende angekommen.
»Sie wollen zum Hotel in der Klosteranlage«, sagte Franzi atemlos. Marie zog sie abrupt zur Seite. Eine vermummte Gestalt schob knapp neben ihr eine Sackkarre vorbei und betrat die Brücke. Sie grunzte etwas, das wie *»¡Gracias!«* klang. Franzis Herz schlug schneller. Das hatten sie in ihrer Detektivlaufbahn noch nicht erlebt: Dass die Täter an ihnen vorbeiliefen und »Danke!« sagten. Marie hatte offenbar den gleichen Gedanken. Sie grinste über beide Ohren.
Als die dritte Kapuzengestalt mit ihrer Kiste auftauchte und dicht an ihnen vorbeiging, filmte Marie sie unauffällig mit ihrem Handy. Sie zoomte so nahe wie möglich an ihre auffälligen blau-weißen Turnschuhe heran. Aus der Größe schloss Marie, dass unter dem Gewand ein Mann steckte.
»Das waren sie«, sagte Franzi. »Drei Kisten, drei Diebe.«
Sie folgten der letzten Gestalt, nachdem sie das Ende der Brücke erreicht hatte. Marie beobachtete durch den Kamerazoom, wo der Mann hinging. In der Zwischenzeit rief Franzi Kim an und gab den Zielort durch. Als sie das Gespräch beendet hatte, hob sie den Daumen. »Alles klar. Kim ist mit Monika auf dem Polizeirevier. Sie schicken sofort einen Wagen hierher.« Dann sah Franzi, dass sie eine Nachricht erhalten hatte. Sie konnte nicht widerstehen und rief

schnell den Posteingang auf. Franzi schnappte nach Luft: Sechs Nachrichten waren von Felipe eingegangen! Sie scrollte nach unten – alles SMS von ihm. Was war denn jetzt los?
»Er geht über den Parkplatz seitlich am Kloster-Hotel vorbei«, rief Marie plötzlich aufgeregt. »Schnell, wir müssen hinterher, sonst verlieren wir sie aus den Augen!«
Franzi schüttelte den Kopf und machte das Handy aus. Es half nichts, Felipe musste warten.
Sie rannten los und erreichten im Rekordtempo die Klosteranlage. Der letzte Mann verschwand gerade hinter der dichten Hecke, die den Parkplatz vom Hotel abschirmte.
Vorsichtig pirschten sie sich heran. Hinter dem großen Gebäude, in dem das Hotel untergebracht war, befand sich ein weiteres, wesentlich kleineres. Es sah baufällig aus und war von wildem Wein und Efeu völlig überwuchert. Eine Klappe am Boden nahe der Hauswand stand offen. Der Mann lud seine Kiste ab. Sie wurde von zwei Gestalten, die bis zur Schulter aus der Öffnung herausschauten, in Empfang genommen. Die Kiste verschwand und der Mann stieg ebenfalls in die Luke ein. Er hatte die Spitzmütze mittlerweile abgestreift. Sein schwarzes Haar klebte schweißnass an seinem Kopf.
Marie und Franzi robbten bäuchlings an die Bodenklappe heran. Vorsichtig lugte Franzi nach unten. Sie sah in einen spärlich beleuchteten Raum. Zwei Gestalten mit zurückgeklappten Mützen hantierten mit einer Seilkonstruktion an einer Kiste herum. Franzi sah auf die Uhr. Wann würde endlich die Polizei kommen?
Plötzlich tauchte ein wutverzerrtes Gesicht direkt vor ihnen

auf. Marie stieß einen schrillen Schrei aus und sprang auf. Ein Arm schoss nach vorne und umklammerte Franzis Hand. Franzi biss kräftig zu. Der Mann schrie auf und ließ los. Marie zog Franzi zu sich herauf. Panisch suchten sie das Weite. Der Mann rief irgendetwas und Franzi sah aus dem Augenwinkel, dass er bereits ein Bein aus der Luke geschwungen hatte. Sie rannten auf das Hotel zu.

In diesem Moment schoss ein weißer Kombi mit Blaulicht durch die Einfahrt und hielt mit quietschenden Reifen auf dem Parkplatz. Franzi und Marie verlangsamten das Tempo und blieben schließlich stehen. Sie drehten sich um und sahen, dass ihnen alle drei Männer gefolgt waren. Mit grimmigen Gesichtern kamen sie drohend auf sie zu. Doch die Detektivinnen blieben ungerührt stehen. Plötzlich rissen die drei Männer erschrocken die Augen auf. Sie wichen zurück. Franzi und Marie wussten schon, bevor sie sich umdrehten, wer hinter ihnen stehen würde. Erleichtert atmeten sie auf. Die Polizei war gerade noch rechtzeitig gekommen!

Auch Kim und Monika waren dabei. Sie stürzten auf Marie und Franzi zu. »Was ist hier los?«, wollte Kim wissen. »Haben die euch bedroht?«

Bevor die beiden Mädchen antworten konnten, ertönte eine kräftige tiefe Stimme, die in scharfem Tonfall zu den drei Männern sprach.

»Das ist Comisario Cuchara«, flüsterte Kim ihren Freundinnen zu. Der sympathisch aussehende Mittfünfziger ging auf die drei Männer zu. Einer von ihnen antwortete sofort, er wedelte dabei aufgeregt mit den Armen und deutete immer wieder auf Marie und Franzi. Die beiden anderen Männer fielen ein und in kürzester Zeit waren der Comisario und die Diebe in eine lautstarke Diskussion verstrickt. Drei weitere Polizisten umringten die Gruppe schweigend.

Monika hörte mit angespanntem Gesicht der Diskussion zu.

»Du siehst so aus, als ob du verstehen würdest, was sie erzählen«, stellte Franzi fest.

Monika nickte. »Stimmt.« Sie zwinkerte Franzi zu. »Die Versicherungsgesellschaft hat natürlich jemanden nach Spanien geschickt, der die Sprache auch spricht. Ich habe mich nur im Anfängerkurs angemeldet, um meine Tarnung perfekt zu machen. Es kann schließlich nie schaden, wenn das Umfeld denkt, man würde nichts mitbekommen …«

Franzi schüttelte anerkennend den Kopf.

»Aber jetzt muss ich da drüben mal eingreifen«, sagte Monika plötzlich. »Hier läuft gerade etwas schief. Die drei Typen behaupten, dass sie keine Ahnung von nichts haben, von Kisten schon mal gar nicht. Das seien alles Kinderfantasien. Das übliche Programm eben. Außerdem sagen sie, sie sind euch beiden hinterhergelaufen, weil ihr euch über ihre Spitzmützen lustig gemacht hättet. Das ist die Höhe.« Sie lief zu der Gruppe um den Comisario und begann energisch auf ihn einzureden.

»Frechheit!«, rief Kim. »Wie können die so dreist sein?«

»Die Beweislage ist doch eindeutig«, beruhigte Franzi sie. »Der Comisario wird die schon nicht laufen lassen.«

»Aber es geht ums Prinzip. Wir lassen uns doch nicht für dumm verkaufen!« Kim zog ihren Schlüsselanhänger aus der Hosentasche und marschierte zu der Gruppe rüber. Franzi und Marie folgten neugierig.

Kim zupfte Monika am Ärmel. »Entschuldige bitte, vielleicht können wir das hier abkürzen.« Monika zog eine Augenbraue hoch. »Ja?«
»Ich habe die Kisten vorhin, als wir in der Höhle waren, mit UV-Farbe präpariert. Jeder, der mit ihnen in Berührung kam, muss leichte Farbspuren an den Hände haben.« Sie ließ die kleine Schwarzlichtlampe an ihrem Schlüsselbund baumeln. »Ich werde jetzt die Farbe sichtbar machen, die an den Händen dieser Männer haftet.«
Während Kim auf die drei Täter zuging, sprach Monika aufgeregt mit dem Comisario. Er sah ebenfalls sehr überrascht aus.
Kim hielt die Lampe über die Hand des ersten Täters. Augenblicklich begannen die Finger in einem intensiven Blau zu leuchten. Franzi musste sich beherrschen nicht zu klatschen. Das gleiche Blau leuchtete, als Kim die Lampe über die Hände der beiden anderen Männer hielt.
Der Kommissar klopfte Kim auf die Schulter. Dann sprach er kurz zu den Männern und gab den Polizisten ein Zeichen. Die Diebe brachten keinen Ton mehr heraus.
Sie starrten auf ihre Hände, an denen jetzt natürlich keine Farbe mehr zu sehen war – nur die Handschellen, die gerade zuschnappten.

¡Viven las tres detectives!

Detektivtagebuch von Kim Jülich
Sonntag, 8:00 Uhr

Wir haben hier in Cuenca innerhalb von drei Tagen eine Bande von Kunstdieben dingfest gemacht, die eine unterirdische Kammer als Lager für ihre Beute benutzt hat!!! Den genauen Ablauf werde ich in den nächsten Tagen ausführlich beschreiben. Jetzt werde ich nur die Informationen notieren, die uns gestern Abend noch die Kunstfahnderin (und nicht »Kunstdiebin«, wie wir mal vermutet hatten …) Monika Smith gegeben hat, nachdem sie mit Comisario Cuchara gesprochen hatte:

Wir haben die Bande wirklich in letzter Minute erwischt, bevor sie die Diebesbeute in einer Panikreaktion aus Cuenca herausbringen konnte! Einer der Täter ist in Cuenca geboren und aufgewachsen und kennt das unterirdische Tunnel- und Gewölbesystem sehr gut, weil er als Kind mit Freunden dort Detektiv gespielt hat (schade eigentlich, dass er später auf die andere Seite gewechselt ist). Durch sein Wissen konnte die Bande die gestohlenen Kunstwerke sicher verstecken – bis die Tunnel mit Wasser vollgelaufen sind. Nun wollten die Täter die Beute an einen anderen, trockenen Ort bringen, nämlich in das Kellergewölbe des Kloster-Hotels, das auf einem Felsplateau liegt und vor Hochwasser geschützt ist. Da es zu diesem Gebäude keine Tunnelverbindungen gibt (man kommt ausschließlich über die Brücke dorthin), mussten sich die Täter etwas einfallen lassen, um die Ware unauffällig zu transportieren: Sie sollte im Schutz der Nacht und des Trubels der Semana-Santa-*Prozessionen umge-*

zogen werden. Monika ist den Tätern jedoch in die Quere gekommen. Sie bekamen wegen ihres überraschenden Auftauchens Panik und beschlossen spontan das Diebesgut noch vor Einbruch der Dunkelheit aus der Höhe herauszubringen und beim Kloster-Hotel zwischenzulagern. In der späten Nacht wollten sie dann alles mit einem kleinen Lastwagen, der schon bereitstand, endgültig aus Cuenca heraustransportieren. – Wohin sie die Beute bringen wollten, haben die Täter bislang nicht verraten. Auch den Namen ihres Auftraggebers verschweigen sie beharrlich. Aber das wird Comisario Cuchara schon noch aus ihnen herauskriegen!

Wir haben also wieder mal erfolgreich einen Fall gelöst.

Aber leider ist unser eigentlicher Hauptfall immer noch nicht aufgeklärt: Die Reliquie von San Julián de Cuenca bleibt weiterhin verschwunden. Sie war nicht, wie wir uns alle erhofft hatten, beim gesicherten Diebesgut dabei. Die Bande hat sich wohl (leider) auf moderne Kunst spezialisiert.

Der Pfarrer wird noch heute offiziell Anzeige bei Comisario Cuchara erstatten. Er sagt, er will seine Gemeinde nicht weiter anlügen. Das kann ich schon verstehen.

Wir werden natürlich trotzdem weiter ermitteln. Auf unserer Liste der Verdächtigen stehen immer noch Señora Lupina, die Putzfrau, und der Küster – von dem wir noch nicht mal den Namen notiert haben (peinlich, ich werde gleich nachher Señor Delgado fragen).

Es geht also weiter!

Geheimes Tagebuch von Kim Jülich
Sonntag, 10:00 Uhr

Achtung! Lesen für Unbefugte (alle außer Kim Jülich) strengstens verboten! Das gilt heute ganz besonders für Franziska Winkler. Tu's nicht, beherrsche dich, sonst machst du dir selbst eine Überraschung kaputt …

Ich bin total aufgeregt. In einer Stunde gibt es einen Oster-Brunch im Innenhof der Sprachschule. Nein, deswegen bin ich nicht aufgeregt. Sondern weil wir Franzi überraschen!!! Sie bekommt ein richtig schönes Ostergeschenk … Tatatataaa: Felipe kommt heute aus Madrid hierher! Damit wird sie überhaupt nicht rechnen. Sie glaubt nämlich, dass er immer noch im Bett liegen muss und nicht aufstehen darf.

Felipe hatte nämlich einen Unfall, bei dem er eine Gehirnerschütterung und ein verstauchtes Genick davongetragen hat. Es war ziemlich tragisch, was parallel zu unserer Verbrecherjagd passiert ist: Felipe ist am Montagnachmittag in Madrid voll gegen einen Laternenmast auf der Gran Vía *gelaufen! Er hat im Gehen eine SMS an Franzi geschrieben und dabei überhaupt nicht mehr auf die Umgebung geachtet. Er wollte ihr schnell mitteilen, dass er leider vielleicht ein paar Stunden nicht zu erreichen ist, weil er sich mit seinen Schulfreunden in einem Restaurant in einem Gewölbekeller treffen wollte und gerade erst gesagt bekommen hatte, dass es dort keinen Empfang gibt. Er hat es noch geschafft zu tippen:* Liebe Franzi, es tut mir leid, *und dann hat es RUMS gemacht. Zur Fortsetzung* aber ich bin wahrscheinlich zwei Stunden ohne Empfang … *und so weiter kam er nicht mehr. Bei dem Aufprall ist das Handy runtergefallen. Es hat in letzter Sekunde die halb geschriebene SMS*

versendet und ist dann auseinandergefallen. Dabei ist auch noch der Akku kaputtgegangen ist. Bis alles wieder in Ordnung war und Felipe endlich anrufen konnte, ist ein halber Tag und eine Nacht vergangen. Leider hat Franzi die Anrufe dann nicht mehr mitbekommen, weil wir zu der Zeit voll in der Verbrecherjagd waren. Felipe ist halb verrückt vor Sorge geworden, weil sie sich nicht gemeldet hat.
Erst nach der Festnahme der Täter konnte Franzi Felipe anrufen. Und da hat sich endlich alles geklärt.
Können so viele unglückliche Umstände wirklich zusammenkommen?! Das passiert doch nur in einem echt schlechten Roman!
Felipe hat sich gestern bei mir gemeldet. Es geht ihm schon viel besser und er darf aufstehen. Er hat gefragt, ob ich glaube, dass Franzi sich über einen spontanen Besuch freuen würde. Ist ja wohl klar, was ich geantwortet habe!
Ich bin sehr gespannt auf nachher.
Ich wünschte, Michi wäre auch hier. Aber man kann eben nicht alles haben. Und ich gebe zu, dass ich sehr froh bin, dass uns wenigstens nicht solche tragischen Sachen passieren wie Felipe und Franzi.
Jetzt rufe ich Michi an, meinen liebsten Schatz auf Erden, und wünsche ihm frohe Ostern!
(Das Geschenk für ihn werde ich in der nächsten Woche finden, das spüre ich ganz deutlich!)

Die Sonne schien von einem wolkenlosen Himmel und die Temperaturen waren pünktlich zum Sonntag kräftig gestiegen.

Das Osterfest mit Brunch im Innenhof der Sprachschule war in vollem Gang. Das Büfett bog sich vor leckeren Sachen und es gab neben Kaffee, Tee, Kakao und Säften sogar frisch gemachte, eisgekühlte Mandelmilch. Die Schüler und Lehrer der Schule langten kräftig zu und amüsierten sich blendend. Auch der Pfarrer war gekommen und unterhielt sich gerade angeregt mit José Amado.

Die drei !!! saßen mit Monika, Liam und Jesko an einem der kleinen runden Bistrotische, die die Schulleitung in den Innenhof hatte stellen lassen. Die Kunstfahnderin war noch etwas blass um die Nase, aber sie hatte sich schon weitgehend von ihrer Gehirnerschütterung erholt.

»Jetzt erzählt doch noch mal genau, was ihr mit diesen Verbrechern erlebt habt«, bat Jesko.

»Ja, genau, ich bin zu faul, den Zeitungsartikel zu übersetzen, den sie am Mittwoch über euch gebracht haben«, sagte Liam. Er kratzte sich am Kopf. »Ihr seid echt in so alte unterirdische Verliese eingestiegen, um irgendwelche Ölschinken zu retten? Und Monika ist wirklich dabei entführt worden und ihr habt sie befreit?«

Marie blinzelte über ihre Sonnenbrille hinweg. »Na ja, so könnte man es auch sagen. Aber wenn ihr es genau wissen wollt, dann erzähle ich euch gerne die ganze Geschichte.« Sie richtete sich kerzengerade auf dem Stuhl auf und begann zu reden.

Monika, Kim und Franzi lehnten sich zurück und genossen die Sonne. Sie hatten alle drei keine große Lust, ihren Fall an die große Glocke zu hängen – auch wenn sie genauso stolz auf den Erfolg waren wie Marie.

Franzi griff nach ihrem Glas mit Mandelmilch. Dabei beobachtete sie, wie der Pfarrer und der Schulleiter einer älteren Frau mit locker hochgestecktem grau-weiß meliertem Haar entgegeneilten. Sie halfen ihr, den Buggy, den sie vor sich herschob, sicher über den Schotter des Innenhofs zu bringen. Sie stellte ihn neben einem der Tische ab. Der Pfarrer beugte sich über den Kinderwagen. Ein goldener Kugelschreiber, der in der Brusttasche des Pfarrers gesteckt hatte, fiel dabei zu Boden. Antonio Delgado bückte sich ächzend, hob ihn auf und legte ihn auf dem Tisch ab. Dann lächelte er das Kind an und rief: *»¡Hola, Gonzalo!«* Der kleine Junge grinste begeistert und der Pfarrer sprach kurz auf ihn ein. Anschließend begrüßte er die ältere Dame mit einem spanischen Wortschwall.
Kim und Marie waren mittlerweile auch auf die Frau mit dem Kinderwagen aufmerksam geworden. Sie lauschten dem Gespräch.
Leider verstanden die drei !!! nichts – außer zwei Worten, die sie mittendrin aufschnappten: *Doña Lupina.*
Plötzlich waren die drei Detektivinnen hellwach. Sie sahen sich an. »Das ist die Putzfrau«, zischte Franzi.
Kim und Marie nickten bedeutungsvoll.
»Und den Kleinen kennen wir doch schon«, murmelte Marie. »Das ist ›die kleine Elster‹, die meine Haarspange so toll fand.«
Kim und Franzi hörten gar nicht richtig zu. Sie waren damit beschäftigt, die Frau zu beobachten.
Der Pfarrer und der Schulleiter erzählten und Señora Lupina lachte. Der kleine Junge im Kinderwagen wurde unruhig. Er

fixierte den Kuli des Pfarrers auf dem Tisch. Dann streckte er einen Arm aus und grapschte nach der Tischkante. Bei einem zweiten Versuch erwischte er den goldenen Stift und zog ihn zu sich her. Mit einer unkontrollierten Bewegung beförderte er den Kugelschreiber in seinen Kinderwagen. Er patschte ein paar Mal auf dem Fußsack herum und sah erstaunt drein, weil er den Stift offensichtlich nicht mehr fand. Nach ein paar Sekunden hatte er das Interesse verloren. Er gähnte und hob die Arme.

Señora Lupina beugte sich zu ihm und strich ihm über den Kopf.

Die drei !!! sahen sich an. Marie stand auf und ging zu Señora Lupina und den beiden Männern hinüber. »Entschuldigen Sie bitte, Señor Delgado«, sagte sie und lächelte freundlich. »Ihr goldener Kugelschreiber ist eben im Kinderwagen gelandet. Nicht, dass Sie ihn nachher suchen.«

Delgado sah erstaunt auf Gonzalo. »Ich sehe nichts.«

Marie kniete sich neben den Kinderwagen. Tatsächlich war der Stift nicht zu sehen.

»Aber er muss hier drin sein.« Marie zögerte kurz. »Vielleicht könnten wir Gonzalo kurz rausheben und im Fußsack nachsehen?«

Der Pfarrer sagte schnell etwas zu Señora Lupina. Die sah erstaunt drein. Dann stand sie aber sofort auf und hob Gonzalo aus seinem Wagen. Ohne lange zu fackeln drückte sie Marie den kleinen Jungen in den Arm und zog den Fußsack aus dem Wagen.

Marie wurde etwas nervös. Sie hielt den Kleinen fest, aber versuchte nicht zu stark zuzufassen. Sie wollte ihm ja nicht wehtun. Aber Gonzalo schien sich bei Marie äußerst wohlzufühlen. Er strahlte sie an und grapschte nach einer blonden Haarsträhne.

»Das sieht schon mal gut aus«, rief Kim Marie zu. »Du wirst eine tolle große Schwester werden!«

Franzi nickte grinsend.

Marie lächelte Gonzalo an. »Du bist echt süß!«

Gonzalo lachte zurück und boxte ihr mit seiner kleinen Faust auf die Nase.

»Autsch«, sagte Marie. »Das werde ich meinem Bruder oder meiner Schwester aber ganz schnell abgewöhnen.«

In diesem Moment gab es ein Rumpeln auf dem Tisch. Marie sah erschrocken hin. Ihre Augen wurden größer und größer.

Franzi sprang auf. »Das gibt's doch nicht!«

Señora Lupina hielt den Fußsack immer noch an ausgestreckten Armen. Auf der weißen Tischdecke lagen ein silbernes Notizbuch, ein goldenes Feuerzeug, der Kuli des Pfarrers – und eine schmale goldene Schatulle mit blauen Steinen!

»Der Finger von San Julián!«, rief Franzi und fing an zu lachen.

Es war tatsächlich die Reliquie! Und schnell klärte sich auf, wie Gonzalo, neben den anderen Schätzen, an sie herangekommen war: Seine alleinerziehende Mutter hatte am Freitag vor einer Woche wieder einmal überraschend bei der Arbeit einspringen müssen und den Kleinen bei der Oma vorbeigebracht. Doña Lupina hatte ihn dann zum Putzen ins Büro des Pfarrers mitgenommen. Dabei musste er in einem unbemerkten Augenblick die Schatulle ergriffen und zu sich

in den Wagen befördert haben – wo sich bereits seit Wochen das vermisste Feuerzeug des Opas und das Adressbuch der Oma befanden, wie Doña Lupina haarscharf folgerte.
Die Putzfrau lächelte betreten. Es war ihr sichtlich peinlich, dass ihr Enkel nun einen dermaßen wertvollen Gegenstand hatte »mitgehen« lassen.
Aber der Pfarrer lachte herzlich. »Ich freue mich, dass sich der Fall auf diese Weise gelöst hat!«
Dem konnten die drei !!! nur zustimmen!
Marie setzte sich mit Gonzalo hin und wuschelte ihm durch die Haare. »Du bist mir absolut der liebste Täter, den wir bis jetzt hatten!«, sagte sie.
Franzi grinste. »Finde ich auch! Ich hole ein paar Gläser Mandelmilch. Dann können wir auf Gonzalo anstoßen!«
Als Franzi fünf Minuten später mit einem voll beladenen Tablett zurückkam, saß eine weitere Person mit am Tisch. Sie hatte einen dunklen Lockenkopf – und trug Felipes Lieblingsshirt mit den bunten Streifen. Franzi blieb fast das Herz stehen.
Sie setzte das Tablett ab und blinzelte. Zwischen T-Shirt-Kragen und Haaren blitzte eine weiße Halskrause hervor.
Kim und Marie sahen sie gespannt an.
Die Person wandte sich ihr zu und strahlte sie an.
»Ich werd verrückt! Felipe!« Franzi flog in seine Arme.
»Die Überraschung ist gelungen«, flüsterte Kim Marie zu.
»Und wie!« Marie sah gerührt zu, wie Felipe Franzi einen zarten Kuss auf den Mund drückte und sie es sich auf der Bank neben ihm bequem machte.
Der Pfarrer räusperte sich. Er verteilte die Gläser vom Tab-

lett. Mit einem Schmunzeln im Gesicht sagte er: »Auf die Liebc.«
Dann hob er sein Glas und rief: »Es leben die drei !!! – *¡Viven las tres detectives!*«
»*¡Viven las tres detectives!*«, schallte es plötzlich von allen Seiten.
Kim, Franzi und Marie sahen sich lachend an.
»Auf die Liebe, auf neue Fälle – und auf unsere Freundschaft!«, rief Franzi. Dann trank sie ihr Glas in einem Zug leer.

Die drei !!!

Der 50. Fall!

3 Bände im Schuber, €/D 16,99

Nach 49 glasklar gelösten Fällen geraten „Die drei !!!" ausgerechnet bei ihrem 50. Fall selbst unter Verdacht. Sie sollen einen Popstar entführt und bestohlen haben. Wer glaubt denn so etwas? – Leider alle! Das können Kim, Franzi und Marie nicht auf sich sitzen lassen und ermitteln unter den widrigsten Bedingungen in eigener Sache ...

diedreiausrufezeichen.de **kosmos.de** Preisänderung vorbehalten

KOSMOS

Das Detektiv-Magazin
für clevere Mädchen
Neu!
Die drei !!!
Test: Kann man sich auf dich verlassen?
Detektiv-rätsel!
Geheimschriften & unknackbare Codes!
Style die drei !!!
Süßes Poster!
Jede Ausgabe mit coolen Extras!
Geheimstiftset
Lippenstift-Lampe
Mit exklusivem Comic!
Spurensuche
Winterliche Leckereien!
Blue Ocean
die-drei-ausrufezeichen.blue-ocean.de
facebook.com/BOEAG
Alle 3 Monate neu!
© Die drei !!! © 2014 Franckh-Kosmos Verlags-GmbH & Co. KG, Stuttgart
Illustrationen: Comicon und Ina Biber

Gefährlicher Schönheitswahn

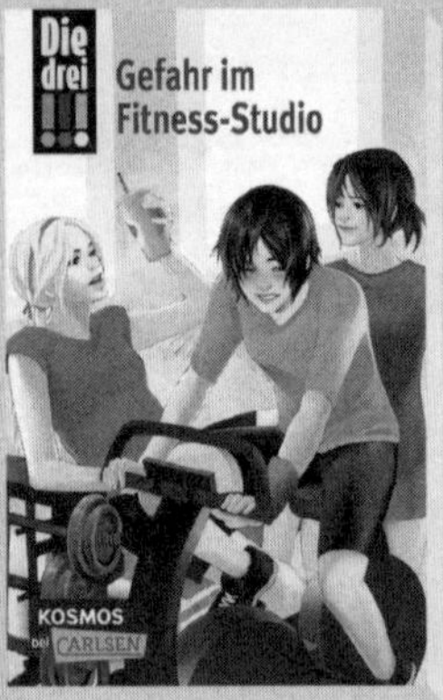

In den Weihnachtsferien hat Kim so viele Zimtsterne genascht, dass ihre Lieblingsjeans nicht mehr passen. Sie springt über ihren eigenen Schatten und wird Mitglied in einem Fitness-Studio. Dort rackert sie sich an den Geräten ab und trinkt einen Diät-Shake nach dem anderen. Viel schlimmer steht es jedoch um Franzis Schwester Chrissie, die sich immer weiter in ihren Fitness-Wahn hineinsteigert. Die Chefin des Studios scheint mit gefährlichen Methoden zu arbeiten. Die drei !!! müssen Chrissie helfen, bevor es zu spät ist.